# 太陽ときみの声

明日の、もっと未来《さき》へ

川端裕人

朝日学生新聞社

装画　とろっち
装丁　横山千里

# 太陽ときみの声

明日の、もっと未来《さき》へ

# 高3、2学期

床にカチカチと当たる白杖《はくじょう》の音が、どことなくひんやり響く。

9月もなかばになって急に涼しくなると、周囲の音の耳触りが微妙に変わった。まだ白杖を使い始めて日が浅い光瀬《みつせ》一輝《いっき》にとって、こういった季節ごとの変化は初めて体験するものだった。薄暗くぼんやりした視野、遠くに時々見える光、そして、手に伝わる平らで硬い床材の感触。そういったものが一緒になり、まるでゲームの中の世界で、太古の寂れた神殿を歩いているような気分にさせられる。

しかし、実際には、ここは学校の廊下だ。校舎から運動部の部室をつなぐ、校内でも一番長い通路。授業が終わったばかりの時間帯だから、まだほとんど人の行き来がない。どうやら、一輝が練習に一番乗りすることになりそうだ。

一輝のロッカーは、部室の入口から向かって右側すぐのところにある。歩数と角度を覚えているので、自然とその前まで行ける。扉を開くと、シューズやアイマスクなどの必需品は、我ながらきちんと定位置に置かれていた。もともと整理整頓が得意というわけではないが、場所を決めておかないと探す時に大変なことになるのでやらざるを得ない。

すばやく着替えて校庭に出て、まだ誰もいない人工芝の上でストレッチを始める。やはり、一番乗りは気持ちいい。

ステップを踏んで軽くアップしてから、アイマスクを装着。ボールを使った練習を開始。シャカシャカシャカと軽快なリズムで、ボールが鳴る。8の字を描くように大きな軌道でドリブルをしていると、やっとほかの運動部員たちが話しあうがやがやという声が耳に入ってきた。

「イッキ、早いな」とキャプテン鈴木丈助《すずきじょうすけ》の声が響いた。

「そっちが遅いんだ。おれはもう、準備オーケイだ」

「よし、みんなアップをしたら、きょうはブラサカ練から行こう！」

県立都川《みやこがわ》高校サッカー部は、どこにでもある公立校のサッカー部だが、日本広しと言えども、いやたぶん世界中を見渡しても、ここだけという練習メニューがある。ブラサカ、つまり、視覚を使わないでプレイするサッカー、ブラインドサッカーだ。

きっかけになったのは、元キャプテンである一輝自身の病気だった。

ほぼ1年前、2年生の秋に、一輝は、視神経の病気で急に視力が落ちた。以来、いわゆるロービジョンの状態だ。今のところ視力を回復する有効な治療法はなく、よくなることはあまり期待できないので、その状態に適応しなければならない。教科書を読むためには、拡大読書器やタブレットの拡大機能のお世話になり、歩く時には安全確保のため白杖を使うようになった。当然、通常のサッカーは無理だ。

そんな時、目隠しした状態で、転がると音の出るボールを使ってプレイするブラインドサッカーに出会った。地元のクラブチーム、サンダーボルツ・サイドBの練習に参加して、その奥深さを知り、急に世界がひらけた。

その際、中学校以来のサッカーの相棒である丈助も一緒に練習参加して、大いに感じるものがあったらしい。視覚支援学校に転校することも考えていた一輝を引き止め、部内にブラサカ班を作りたいと言い出した。ブラサカの練習は普通のサッカーにも役立つし、一輝がサッカー部に関わり続ける道にもなる、と。

結局、一輝は、部のキャプテンを丈助に引き継いだ上で、その提案をありがたく受け入れた。以来、平日はサッカー部で練習しつつ、週末にはサイドBでもっと本格的なトレーニングをするのが一輝の生活のリズムになっている。

「じゃあ、リーダーよろしく!」と丈助が言い、この日も一輝がしばらく練習の指揮をとって、ブラサカ練を始めることになった。

「きのうの続きでパスからシュートに持ち込む流れをくり返しやろう。まずはボールタッチとドリブルから！」

シャカシャカという音があちこちで同時に鳴り始める。

一輝は、その中から、とりわけリズミカルで、なめらかな音を聞き分けた。これは丈助だ。細かく切れ間ないボールタッチで分かる。天性のドリブラーで、とんでもなくうまい。つい聞きほれる。

丈助は特別だとしても、ほかの部員たちも、そこそこボール運びができるようになっている。毎日、少しずつでも、目隠しでボールを触ってきた成果だ。

「よーしっ。じゃあ、きょうの課題。パスを受けてシュートに持ち込む形。おれがパス出しするから、トラップして、できれば、ドリブルで運んでからシュート！　これ、決まればワールドクラスだから！」

大げさかもしれないけれど、事実だ。お互いの位置関係を音だけで確認して、パスを通すのは、ブラサカで一番難しいプレイのひとつで、日本代表でもこれが決まると盛り上がる。パスを出す側と受ける側が同じヴィジョンを見なければ、そんなことは不可能だ。

一輝はそこのところを強調するために、ちょっと言葉を切ってから、大きな声で続けた。

「ここで、大事なのは――」

「イメージの共有！」

部員がそろって返事をする。

「おお、頼もしい！　みんな分かってるな」

たぶん、高校サッカーの選手たちが、ブラサカをトレーニングに取り入れる意味はそのあたりにあると思っていて、一輝はことあるごとに強く言っていた。

一輝がパスを出すと、やはり多くの部員はうまくトラップできずに後逸してしまう。それでも、なんとかボールを見つけてシュートに持ち込むところまでやる。それが大事だ。結局、きちんとトラップして、そのままシュートできたのは、3年生の丈助と舘山《たてやま》だけだった。この二人は見事と言うしかない。

「ひゃーっ、すげーシュート。これ、止めたら、痛いんだよね。グローブしててもビリビリする！」

明るい声で言ったのは、いつも笑顔のゴールキーパー里見《さとみ》。

ブラサカのキーパーは唯一、目が見える人がつくポジションなので、この瞬間もすべてを見ている。「ブラサカのボールは、ちょっと重くて痛い」とよく愚痴っているが、実は練習中一番楽しげなのが里見だった。本来なら、ブラサカでは、相手ゴールの裏に味方のガイドがいてゴールの方向を示すのだが、都川高校のブラサカ練では、練習のために相手キーパーが味方のガイド役を兼ねて「こっちこっち！」と声を出すことが多かった。だから、里見はブラサカ練習の実質的な副リーダーだ。

「よーし、イメージの共有、ばっちりだ！　忘れないでいこうぜ！」

一輝は大きな声で言って、さらに一言、付け加えた。

「じゃあ、最後に、おれにパスを出してくれ！」

今度は、一輝がボールを受ける側になって、どんどんパスを受けてシュートに持ち込む。練習に参加している部員全員分だから、四方から飛んでくるパスを15本くらい立て続けに受けることになる。中には逸してしまうものもあるけれど、気にせずどんどんいく。

頭の中では、ボールの軌跡がぼーっと光って見える。くっきりと見える時は、結構、イメージと実際のボールの動きが合っていて、トラップに成功することが多い。そうしたら、ゴールに向けて、ドカンと打つ。

「一輝！」と丈助の声が聞こえた。

「おう!」と答えた。

シャカシャカというドリブルの音。丈助だけは、この練習でもドリブルしながらパスを出したいみたいだ。軽快なリズムから、シャッと鋭い音がして、一輝の頭の中にはひときわ強く軌跡が光った。

左足でトラップ。今度は、ジャッという重たい音がした。股関節を通じて腹にまでずっしり響いてくる。

「こっちこっち!」という声を目指し、思いきり蹴った。

ドッとものすごい音がして、「いてーっ!」と里見の声が上がった。真正面に飛んだボールを腹で受けたらしい。

みんな笑い声を上げつつも、「ありがとうございました!」と口々に言い、ぎゅっと凝縮した15分のブラサカ練が終わった。

一輝はまた一人の練習に戻る。ほかのみんなは今、大事な高校サッカー選手権の予選を控えている。7月にあった県予選ブロック大会はなんとか勝ち抜いて、いよいよ強豪と当たる決勝トーナメントが近い。だから、ブラサカ練は、あくまでアクセントだ。

そこから先、一輝だけがアイマスクをしたまま、ひたすらドリブルやターンの練習をくり返した。体が火照って、心地よい汗をかき、ふと足を止めると、すぐ近くから仲間たちがボールを追う声が聞こえてくる。一輝にとっては、申し分ない環境だった。

「ボールが足元にあるっていいよな」と一輝はぼそっと口に出してみた。

去年、病気で視力が落ちていく時には、不安で不安で、なぜ自分がこういう病気になるのかと怒ってもいて、しばらくサッカーから遠ざかっていた。

毎日が暗闇だった。でも、こうやって、足元にボールがあるだけで、一輝は暖かい日差しの中にいる気分になる。以前、当たり前だと思っていたことをいったん失いかけたからこそ、ありがたみがよく分かる。

こんな時間が毎日毎日、ずっとずっと続けばいい。一輝は、心底そう願ってやまない。

# 駅までの道

夕方6時前には日が暮れて、練習はおしまい。

最近、一輝にあわせ、自転車通学から電車通学に切り替えた丈助と一緒に帰る。丈助と一緒だと、白杖は使わずに肩かひじをつかんで誘導してもらうことになるから、安全かつ速い。最初は抵抗があったけれど、今ではすごく自然になった。一輝にとって、丈助と歩く帰り道は、サッカーの練習と同じく大切な時間だった。

この日は、図書室で勉強していたクラスメイトの佐藤春名《さとうはるな》も合流し、駅まで一緒に歩いた。春名は丈助の幼なじみで、去年は、3人とも同じクラスだった。3年生では、丈助だけが別になってしまった。

「ほんとすごいよねぇ」と春名。

「ジョーも光瀬もがんばってる。ジョーは、チームを引っ張って県の決勝トーナメントに残ってるんだもんね。光瀬は始めたばかりのブラサカで、クラブの公式戦にも出たんでしょう？」

「怪我人が多くて、出ざるを得ないだけなんだけどな。フルメンバーがそろってれば、おれはまだサブだから」

一輝はそう言いつつも、試合に出られることをとてもよろこんでいた。

今、クラブチームの戦力として、かなり当てにされるようになってきている。試合に出て、勝利に貢献もして、やっと「自分はサッカー選手だ」という誇りを取り戻せた。視力が落ちる前は、ただひたすらサッカーばかりやっていたので、いきなりそれがなくなった時は、一輝は宇宙空間に一人放り出されたみたいな心細さを感じたものだ。

だから、今は、本当に順調だ。去年から今年の初めにかけての暗闇からやっと抜け出した。ここまで来るためにはすごく練習したし、まだまだ足りないからもっと練習してうまくなりたいと、自分に期待している。

「サイドBは、全国優勝もしている名門なんだし、サブだってすごい。光瀬が努力したのを知ってるしね。あたしなんて、吹奏楽部を引退してから、ずっと勉強ばっかりなのに、成績は思うように伸びないし、いいところないよ」

そんなふうにひとしきり近況を語って会話がとぎれると、一輝の前でずっと無言だった丈助がぼそっと聞いた。

「それで、ハル、どうした？」

たしかに、春名が二人を待っているなんてふだんはないことだ。

「うん、なんというか……もう2学期だし、あと半年もしたら高校生活はおしまいだなあって」

一輝は、はっとして立ち止まった。すると、つられて丈助も足を止め、結果、3人とも、駅前交差点のすぐ手前で、立ちつくすみたいになった。

高校生活はあと半年。

たしかにその通りだ。今の生活が好きで、こんな時がずっと続けばいいと思っているけれど、永遠に続くなんてありえない！

「3年間って、なんでこんなに短いんだろうね。半年後、あたしたちは笑っていられるのかな」

春名は、自分自身に問いかけるみたいに言った。

「ああ、そうだな……」

一輝は思わず大きくうなずいた。

サッカー部の3年生は、高校選手権の予選があるからまだ受験一色ではない。でも、クラスにいると、やはり話題はそっち方面のことが多くなる。一輝と仲のよい友だちには就職せずに家業を継ぐやつがいて、そいつとつるんでいるから、かろうじて孤立したかんじにならずにすんでいた。

でも、春名と話して、現実を思い出した。

半年後、笑っていられるだろうか。

その問いかけが、胸にしみ込んでくる。

「そういえば、佐藤は志望決まったのか？　医療福祉系とか言っていたよな」

ふたたび歩き出して、話を続ける。

「一応、そうなんだけど、学校ごとに特色が違うからどこを受けるかまだ決めてない。保健福祉学っていう医療、福祉、保健なんかについて広く勉強するところと、もっと実地で人に接することができる理学療法士のコースと、どっちがいいのかも迷ってるんだよね。もう9月なのにまずいよね。光瀬はどうなの？　方針は決まった？」

「いや、方針といっても……」

この1年、現状に適応するのでせいいっぱいで、やっと落ちついてきたのは最近のことだ。おまけに、3年生になってからは、頭の中がブラインドサッカーでいっぱいだった。やっと軌道に乗ってきたのだから、「こんな時間が毎日毎日、ずっとずっと続けばいい」と願っていた。

でも、言われてみたら、これじゃだめだ。

高校3年生なんだし、進路のことは考えて当然だ。とすると、一輝は、つまり、現実から目を背けてきたということじゃないだろうか。

「ジョーは、スポーツ推薦の話が来てるんだし、やることが決まってていいよね。あたしは迷ってばかり。いよいよセンター試験出願なのにね」

「ああ、センターか」

一輝はうなずいた。

「光瀬も受けるんだよね？　でも、いくら特別配慮で試験時間を長くしてもらっても、不利だよね」

「うん、そうだな……」

思わず相槌を打ったが、どんどん居心地が悪くなってきた。

センター試験の出願時期が迫っていると、担任の大滝《おおたき》先生に言われていたから、意識していないわけじゃない。視覚障がいがあっても、点字受験ができたり、拡大読書器を使えたり、試験の時間を長くしてもらえたりすることも知っている。

つまり、一輝はちゃんと受験できる。

でも……ほとんど準備していない。

この時期にそれでいいのかと言われれば、全然よくないと分かっている。でも、本当につい最近までいっぱいいっぱいだったのだ。

「じゃあ、あたしはここで」

ちょうど駅について、春名は予備校に行くために逆方向の電車のホームへと上がっていった。

丈助と二人きりになって、一輝はほっと一息ついた。

# 進路選択

「イッキ、センター試験受けるのか」

電車を待つホームで、丈助がぼそっと言った。

誘導のために肩に手を置かせてもらっていたので、丈助はちょっと振り返るみたいな形になった。距離が意外に近く、声の輪郭がくっきりと際立って一輝の耳に届いた。

そういえば、丈助とは、受験のことなどほとんど話したことがなかった。二人が一緒になれば、たいていはサッカーについての話題になる。これは、中学1年生で出会ったばかりの頃から、まったく変わらない。

それなのに、きょうはもろにセンター試験の話になってしまった！　さっきまで一緒だった春名との会話から、そのままつながってしまった。

「あ、いや、おれは実はまだよく分からなくて。でも、ジョーはスポーツ推薦だから、必要ないんだろ。東京のサッカー強豪大学なんだからすごいよな」

「全国大会まで行ければ問題ないんだけど、県内ならせめてベスト4の実績はほしいと言われてて……。夏のインターハイは県大会ベスト8だったし、冬の選手権にすべてがかかってる」

「キャプテン丈助ならできるだろ。チームを勝たせて自分も輝け」

「そうだけど……やっぱ、センター試験、出願しといた方がいいかな……」

ここにきて、一輝は丈助が弱気になっていることに気付いた。

もともとビビリ癖があるやつだが、半年前にサッカー部キャプテンを引き継いでからは、かなりしっかりしてきた。きちんと部をまとめつつ、ブラサカ班の活動でも絶妙にフォローしてくれて頼もしい。

でも、受験や進学というのは、誰にとっても新しい挑戦だから、弱気になるのも分かる。

「ジョー、自分がやりたいことを整理するんだ。そして、必要な準備をする。それが基本だろう。大学に入ってサッカーをやるのが目標で、推薦の方がまだ不確定なら、センターに出願しておいた方がいいんじゃないか」

丈助はすぐに返事をせずに、ちょっと考えるような間を取った。今の一輝には見えないけれど、下唇を軽く噛んで考える表情が目に浮かぶ。

「ああ、そうだよな、イッキ。うん、本当にそうだ。ありがとう。相談してよかった！」

丈助の声は、一転して明るいものだった。

「おう、お互い、がんばろうぜ」

調子よく言いながら、一輝は、さっき春名がいた時よりも、もっと居心地が悪くなった。偉そうなことを言いつつ、こっちだって何も準備していないのだ。

自宅に帰って食事をしてから、一輝は部屋にこもり、タブレット端末を取り出した。「がんばろうぜ」と言った手前、自分もやりたいことを整理して、必要な準備をしなければならない。

まずはタブレットの画面に大きな文字でメモを書く。

自分の将来に必要なもの――
・サッカー
・仕事
すごく単純だ。

サッカーではできるだけ高いレベルに行きたいと思って、3年生になってからも相当がんばってきた。

では、仕事は？　やりがいを感じられるものに越したことはない。でも、どんな進学をしてどんな勉強をすればいいのだろう？　よく分からない。

いや、それが分かったとしても、大学受験のために必要な準備というのも充分に理解していない。

「ああ、おれ、だめだ」と一輝はつぶやいた。

とにかくブラインドサッカーをがんばれば、自分の居場所ができると思ったし、実際にそれは間違いなかった。一輝は、学校の部活でも、クラブチームでも、ブラサカをがんばっているからこそ、居場所がある。

でもそれは、丈助がスポーツ推薦を目指すように、将来に直結したものではない。目の前のことに打ち込んで、ややこしい進路のことなんて後回しにしようとしてきたのが、今の一輝だ。まわりも遠慮して深く追及しなかったけれど、今はもう「ぎりぎり」の時期だと春名に気付かされた。

「視覚障がい、高校生、進路、で検索して」

一輝はタブレットに話しかけた。

音声認識での検索は便利で、一輝は部屋にいる時は、この機能をよく使う。パソコンのキーボードも、タブレットやスマホのフリック入力も使えるけれど、話しかければすぐに検索してくれるのはとても楽だ。

一輝は、視野の中心に、中心暗点といって見えない部分がある。道を歩く時に必ず白杖を使うのはそのためだ。一方で、画面を前にして余裕をもって視線を動かせる時には、拡大してなんとか読める。でも、やりすぎると疲れるから、やはり、音声入力や読み上げ機能にはずいぶんお世話になっていた。

小1時間、いろんなウェブページで調べた結果——

視覚障がい者のための国立大学というのもあって、それが現実的で魅力的な候補に思えた。みらい科学技術《かがくぎじゅつ》大学という。みらいというのはもともと地名で、美頼と書く。でも、認知度が低いということで今はひらがな表記になっている。もちろん、その存在自体は知っていたのだけれど、受験するためにはどんなことが必要なのかはきちんと調べていなかった。

まず、推薦。これは、一輝の場合、残念ながら無理だ。学業が振るわないので、高校側の推薦基準に達していない。推薦書がなければ、出願もできない。

一方、自己推薦で学力試験がないAO《エーオー》入試なら可能性がある。ただし、合格するのはごく少人数だ。

じゃあ、推薦でもなくAOでもなく、普通に試験を受けて入る一般入試はどうか。こっちはセンター試験が必須で、しかもやはり少人数。結局、かなり狭き門に思えた。

どちらにしてもセンター試験を受けておいた方がいい。丈助に助言したのと同じことが、自分にも言えると一輝は思った。

センター試験を受けるのは、大変だけどメリットもある。国公立のほかにも受験できる大学が増える。いくつかの私立大学には、センター試験の点数だけで入学できる枠もある。

少し調べただけで、かなり分かってきた。

春名が帰り道でセンター試験のことを聞いてきたのは、きっとこういうことを知ってのことだったのだろう。一輝がブラサカに入れ込むあまり、受験の方はのんびりしていることに気付いて、一輝よりも先回りして調べたに違いない。

春名は面倒見がいい。悪く言えばおせっかいだ。自分の受験でめいっぱいだと言いつつも、一輝のことも気にかけてくれている。一輝は、学校から駅までの道で、深く考えもしないで適当に受け答えしていた自分が恥ずかしくなった。ちょっと検索しただけで、実はなんにも知らなかったと分かるくらいのレベルだったのだから。

「一輝、大滝先生から電話よ！」

母さんの声がした。なんというタイミング！

「すぐいらっしゃい。一輝、センター試験の願書の期限、分かってるの？　先生、心配してくださっているわよ」

ええっ、先生はいきなり電話口でそこまで言ったのだろうか。

一輝はびっくりしつつ、階段を下りた。

たしかに、のんびりしすぎていたことはもう認めざるを得ないけれど……ひょっとして、きょう春名が自分に話したことって、先生と打ちあわせしてたのかも、とすら思えてきた。

電話口で、大滝先生は、いつものゆったりとした口調で言った。

「出願だけじゃなく、特別配慮の届けも必要なんだぞ。光瀬、そろそろ、集中して受験に取り組んだらどうだ」

大滝先生は、2年生から続いての担任だ。一輝が、視力が落ちて精神的にまいってしまい、引きこもっている時にも助けてくれた。昔視覚支援学校の先生だったこともあって、一輝の苦労をよく分かってくれる。このゆったりした話し方を聞くたびに、一輝はほっと安心したものだ。

でも、きょうは違う。

同じ口調なのに、胸の底からひりひりとした感覚がせり上がってきた。

「受験の仕組みはどんどん変わっているから、調べて分からなかったら直接問いあわせた方がいい。ある程度絞れたら、わたしの方から聞いてみることもできる。とにかく今、決められないなら、選択肢を減らさないことだ」

「はい。分かりました！」

ぐうの音も出ないほど正論だった。

もう半年しかない高校生活が終わった後、自分はどうするのか、一輝は本気で考え、行動しなければならない。

## サンダーボルツ・サイドB

「交代、光瀬一輝、入ります！」

一輝は自ら申告し、軽くステップを踏んだ。ゴムチップ入りの人工芝は、ほどよいクッションで思いきりプレイできる。25分ハーフの試合で、後半5分での投入だから、残り20分間、走り回ってやる！

「よろしく頼むで！　シュート決めてきいや！」

一輝と交代するナツオさんが、変な関西弁で言った。

秋晴れの日差しはぽかぽか暖かいけれど、風はひんやりして心地よい。アイマスクをして完全に見えない状態だが、ここにいることにずいぶん慣れてきたと思う。

日曜日、ブラサカの関東リーグ公式戦。近県の老舗チーム、アヴァンセ未来《みらい》を地元に迎えている。みらい市にあるチームだが、もともとの地名の「美頼」ではなく、「未来」をチーム名に使っていた。

サンダーボルツ・サイドBのホームグラウンドは、バスケットコートよりも一回り大きなフットサル場だ。ブラサカ用に1メートルほどの高さのサイドフェンス、通称「壁」が設置してある。ゴールラインとフェンスに囲まれたこの長方形の中が、一輝にとっての戦場だった。

一輝がフィールドに入るとすぐにリスタート。相手チームと自チームあわせて10人の選手が、シャカシャカと音が出るボールを追ってせめぎあう。もちろんフィールドプレイヤーの8人は、アイマスクをしている。奪いに行く時には「ボイ!」というかけ声を忘れずに。

見えていなくても、一輝の頭の中では、ボールや人の姿がうっすら浮かび上がっては、刻一刻と変化する。イメージできなくなったら試合にも置いていかれるから、全神経を研ぎ澄まして、頭もフル回転状態になる。

ドンッと大きな音が近くの壁から聞こえた。一輝は「ボイ!」と言いながら、体を寄せた。跳ね返ったボールを奪えばチャンス。ブラサカの壁際は、激しい攻防の場だ。

実は結構、怖い。

肩がガツンと当たり、ヘッドギアをつけた頭もぶつかった。目に火花が散ったが、ここは引けない。ファウルにならないように、体をうまく使って相手とボールの間に体を入れる。こぼれたボールをなんとか足元に収めた。

背中できっちり相手を抑え、相手から遠い方向にボールを置く。そして、くるりと反転してドリブルを開始！

この流れは何度も練習してきたから、一輝にとってはもう定番のプレイだ。

ブラサカで何が難しいかというと、自由に転がるボールの位置を瞬時に判断してマイボールにすることだ。つまり、ボールを止めるのが難しい。流れの中でパスを受けることなど、実戦ではそう簡単にできることではない。

でも、壁際のプレイなら、壁にボールが当たる音を参考にしやすい。ボールの位置もかなり限定される。一輝は身長185センチ近い体格を生かして、ここでまず勝てるようになろうと最初の頃に決めた。ちょっと泥臭いけれど、初心者がのし上がるための手段だと。

今では、「壁際のマジシャン」というのは言いすぎでも、「仕事人」くらいにはなれたかもしれない。途中交代する前の指示でも、「壁際のプレイはどんどん行け」と言われた。

そして、マイボールにしたら、ドリブル突破！というのも、ブラサカでは定石だ。下手にパスを出すより、ずっとゴールに近付きやすいからだ。

両足で交互にタッチしながら進むブラサカ特有の足運び。「ボイ！」と言いながら近付いてきた相手の選手を、簡単な切り返しで置き去りにした。途中出場で入ったばかりだから、まったく消耗しておらず、切れのあるプレイができている。

歓声はない。音の情報が大切なブラサカだから、見ている人たちは黙っているのがルールだ。

でも、どよっと空気が動く。注目されているのが分かる。

よし、このまま決めてやる。

近付いてくる足音が聞こえてきたので、さらにもう1回、切り返してマークを外し、その上で、シュートへ持ち込もう。

頭の中で、ゴールへのイメージがはっきり見えた。

おれの華麗なプレイをみんな、見ててくれよ！　心の中で念じた。

「イッキ、ターン！」と壁の向こうのコーチから声がかかった。

すぐに、「ボイ！」と声がして、ボールごと足を刈られた。

え?と思う間もなく、一輝は尻もちをついた。

どこから出てきたんだろう。イメージの中にはあの選手はいなかった。

至近距離までまったく気配に気付かないなんて……。ファウルじゃないということは、もう少し早めに「ボイ！」の声も出ていたはずだ。聞き逃したのだろうか。

でも、呆然としている暇はない。

すぐに守備に戻らねば！と立ち上がり、一輝は「ああっ」と小さく声を出した。頭の中から「座標」が消えてしまっていた。自分がピッチのどこにいて、どこを向いているのか。ボールがどこにあって、誰が持っているのか。相手チームと自分のチームのプレイヤーはどう散っているのか。まったく分からなくなった。

これだからブラサカは難しい。イメージできなければ、プレイにすら参加できない。完全に棒立ちのお客さん状態だ。

相手のシュートが外れて、リスタートになって、やっと一輝は自分の位置を再確認できた。また、壁際の攻防で、激しくせめぎあう。体と体がぶつかりあい、火花が散る。もぎ取るようにボールを奪う。

一輝は、やっぱりまだ華麗なプレイができるレベルじゃない。ひたすら泥臭く、ボール奪取を狙う。狙い続ける。

一心不乱にやりきって、試合終了。結局、ゴールできなかったけれど、勝つには勝った。そういう意味では、充実感。やっぱり、これがほしくて、一輝はブラサカをやっている。

試合の後、定例ミーティングがいつものファミレスで開かれた。

「ようやったやんか」

変な関西弁で話しながら肩を叩いてきたのは、ナツオさんこと佐藤夏生《さとうなつお》さん。チームの主力選手の一人で、実はクラスメイトの春名のいとこだ。視覚支援学校の先生をしている。

「壁でボール取って、ドリブルで持ち込んだのはなかなかええチャレンジやったんちゃう？　試合には勝てたんやし、ああいうの続けていったらええよ」

「でも、あれは、おれにとっては反省すべきところで、結局、ボール、取られちゃいましたからね」

「そんなことないよ、ミッチー！」

ダンスみたいに体を揺らしながら陽気な声で言うのは、ヨーヘイさんこと栗林陽平《くりばやしようへい》さんだ。隣に座っていると、そのリズムが伝わってくる。

ヨーヘイさんは、サイドBだけでなく日本代表のエースでもあって、ワールドクラスの実力者だ。一輝のことを最近「ミッチー」と呼ぶ。

「ミッチーのドリブルもターンもずいぶん滑らかになったよね。音を聞くだけで分かるよ。ね、楽しいでしょ！　楽しんだ方が勝ちだよ！　どんどんドリブル勝負していいよ！　じゃないとつまんないよ」

「はい、楽しんでます。でも、もっとうまくならないと。おれ、きょう、あの瞬間、ドリブルに意識が行きすぎて、まわりのことを聞けなくなっていたと思います。ぜんぜんいるはずのないところから選手が飛び出してきたし、指示もちゃんと聞こえてませんでした。技術的にもっと上げて、余裕をもってまわりを聞けるようになりたいです」

「うーん、ミッチーは真面目だなあ。指示は聞こえた時に参考にするくらいでいいんじゃない？ぼくの考えでは、必要な時には耳が勝手に聞く」

「ヨーヘイ、いい加減にしなよ」

ぱしっと頭をはたいたのは、ユリアさんだ。チームのスタッフの一人で、きょうはゴールや相手選手の位置を伝えるガイドの役もやっていた。

「光瀬くん、この人を参考にしちゃだめだよ。いつも指示を聞けってみんなに文句言われてるんだから」

「そやそや、言うたって。ヨーヘイが勝手やる分、カバーするの、ぼくらやし」

ナツオさんも同調して、みんな笑う。

底ぬけに明るいチームだ。でも、一輝は今ひとつ気が晴れなかった。自分のプレイの質だけでなく、いろいろ中途半端な気がして。

「でも、見ていて思うけど、もっとしかけていいのは、本当だよ」とユリアさん。

「ヨーヘイだって、最初は下手だったもの。それなのに、どんどん前に行こうとするものだから、ずいぶん怒られてたよね。すねて、やめるとか言い出したことだってあって……」

「ああ、そやった、そやった。ぼく、連れ戻してこいって言われて、ユリアと一緒にヨーヘイの家まで行ったことあったよな……なんか、しみじみ思い出すなあ」

「わー、それ勘弁。おれの黒歴史、あばくのやめろー！」

どんどん畳みかけるように笑いの渦が広がっていく。ここだけ聞いていると、ひたすらノリのよいクラスの昼休みみたいだ。お調子者が何人かいて、ツッコミを入れるやつもいて、まぜっ返すやつもいる。これが、ブラインドサッカーで日本最高クラスのクラブチームだとは、知らない人には想像もできないだろう。

でも、このメンバーは、まぎれもなく、全国トップクラスの実力を誇るサンダーボルツ・サイドBだ。一輝にとっては、日本代表のエースの実力を目の前で感じられる得がたい場所だった。

一輝の目の前には、とんでもなく広く深い、ブラサカの世界が広がっている。

「そや、光瀬くんなあ、ちょっと聞きたいんやけど」と声がかかった。

ナツオさんだった。

「はい、どうかしました?」

「もう秋やろ。進路考えとるん?」

「はい、もちろん……」

一輝は、急に現実に引き戻された気分になった。

ブラサカをやっていると、目の前のことに夢中になれて、さらに将来、どんな選手になりたいかも、はっきり意識できる。明るい道がずっと先まで続いていると錯覚してしまう。でも、今、この時期はそれじゃダメだ。

「まあ、大滝先生がおるから、そんなに心配しとらへんけどな。でも、大滝先生かて、普通高校に行って10年はたっとるから、最近の事情のことは知らへんのちゃうかな? よかったらうちの進路指導の教員と話したら? どうせ、また近いうちに来るんやろ?」

「分かりました。今度、おねがいします」

実は、一輝は週に1回、ナツオさんの学校に行っている。「情報」の授業を受けるためだ。

「実はおれ、自分が何をやりたいのか今ひとつ分かんなくて。今の状態に慣れるのに、この1年間、せいいっぱいだったし」

「分かる、分かる。ぼくかて、高校での中途失明やったし、生活、立て直すだけで1年なんてあっという間や。光瀬くんの場合は、ほんまやったら大学行くんでも1浪したってええんちゃうかと思うよ。でも、浪人したら、やっぱり、その間、ブラサカ、思いきりできへんやろ」

「あ……」と一輝は声を漏らした。

本当にその通りだ。考えもしなかった。

「おい、ヨーヘイ、熊《くま》ちゃん、ジンくん、こっち集合。ちょっと光瀬くんの話、聞いたり。てか、若者に話、聞かしたり！」

## サイドBでの進路相談

「視覚障がいと進路選択、職業選択ということやけど、まあ、ぼくらの話、とりあえず聞いときとナツオさんは言う。

視覚支援学校の先生でもあるナツオさんの声かけで、サンダーボルツ・サイドBのチームメイトたちが相談に乗ってくれることになった。

ちなみに、ブラサカは日本では晴眼者がマスクをして、条件を同じにしてプレイすることもあるけれど、サイドBのフィールドプレイヤーは、みんな全盲かそれに近い人だ。進学や仕事で、それぞれしてきた苦労や工夫は、聞いておけば参考になるはずだ。

「前にもちょっと言うたかな――」とまずナツオさんが話し始めた。

「ぼくは高校時代の中途失明やから、その点では光瀬くんと似とる。点字を勉強する時間的な余裕がなくて、まず拡大鏡や拡大読書器を持ち込んで受験させてもらえる大学を探すとこから自分でやらなあかんかった。今は、全盲カテゴリーやけど、当時はまだ見えとったんよ。その頃と比べると、受験の時の配慮については、今の方がずいぶんよくなったと思うよ。たいていの大学で、認めてくれとるやろ。でも、入学した後でどれだけサポートがあるかは別やから、そのへんよう調べとき。ぼくは、その頃、視覚障がい者の受け入れに定評がある大学に入れてラッキーやった。その後で、教員免許を取れたのも、ええ先生と出会って指導を受けたからや。ほんま、かなり運がよかった。でも、運を引き寄せるためには、やっぱり、ちゃんと調べて進学せんと、と思うよ」

つまり、ナツオさんの教えは、大学に入ってからのサポートが大事だから、そこまで調べておけ、ということだ。結局、最後は人と人とのつながりがものを言うことになっても、そこに至るまで、できるだけ理解があり、支援がある道を選べ、と。

「あと、大学側のサポート体制とは別に、教科書を読める形にしてくれる協力者なんかも必要やろな。支援団体で教科書の点訳や拡大をしてくれたりすることがあるし、あとは、今の時代やからこそ、家族や友人が、プリントの類をスキャンして文字認識させて、読み上げできるようにしてくれるみたいなのも大事やろな。今はそういうのが、手軽にできるんやし」

身近な協力者がいるかどうか。自分だったら、とりあえず家族は協力してくれるだろう。でも、そのほかはよく分からない。「協力者」というフレーズを一輝は頭の中に刻み込んだ。

「ヨーヘイさんはどうなんすか」

続いて一輝はたずねた。

「あ、ぼくのこと？　いやあ照れるな」とヨーヘイさんは意味不明なシャイさを発揮した。

「仕事のことは言ったことなかったよね。ぼくは、企業内理療師、ヘルスキーパーというのをやっているんだ。福利厚生関係の部署だよ」

企業内理療師は、社員の健康のため予約制でマッサージなどをする仕事だそうだ。町中で開業する人もいるけれど、そんなやり方もあるのかと驚いた。

「視覚障がい者の仕事として、はり・きゅう・マッサージって伝統的なものだし、教育もしっかりしているから、その点はオススメ。疲れた人を笑顔にできてやりがいがあるよ。スポーツをやっていくなら、自分の体のことがよく分かるメリットもある。ただ、今、キャリアを考えている人は、これしかないと思う必要はない。実際いろんな職業の人が増えてるし」

ヨーヘイさんが「人を笑顔に」と言った時、サッカーのプレイスタイルを思い起こした。積極的にゴールを狙って会場をわかせるのが、ヨーヘイさんの真骨頂だ。ドリブルの音を聞いているだけで、大草原を疾走する肉食獣のイメージがわいてくる。

「自立して暮らしていくというのは、一大テーマやしね」とナツオさんが話を引き継いだ。

「マッサージや、はり・きゅうの資格は強い味方やったんよ。でも、ここで資格持っとんのヨーヘイだけやけどな。がははは」

ナツオさんはわけの分からないところで大声で笑った。

「私の場合は、30代での失明でしたので、目標は職場復帰でしたね」とチーム最年長選手の熊ちゃんこと熊谷《くまがい》さん。

熊谷さんは、指数弁といって、目の前に指をかざせば何本か数えられる程度の見え方で、文字を追うのは拡大読書器を使ってもちょっと難しいそうだ。なんとか教科書が読めている一輝よりも見えない度合いは高い。

「リハビリセンターで、1年半、生活訓練と職業訓練を受けて、元の職場に戻れたのが幸運でした。事務職なので、パソコンを使うんですが、今は自分が担当の在庫管理の仕事など普通にやってますよ。読み上げソフトで聞いて確認するんですが」

パソコンなどの情報端末は、目が見えない人、見えにくい人にとって強い味方だ。情報の先生もそう言っているし、一輝もすでに実感している。文字を拡大しても読めないなら、読み上げ機能を使って、耳で聞いて確認することができる。でも、それで在庫管理の仕事なんて、すごいと思った。

「ぼくは、小学校低学年で眼球摘出したんで、この中では一番、若い時からかな」

現役大学生のジンさんこと、神峰《かみね》さんだ。たしか専攻は社会学で、その中でも特に「障害学」というのを専攻していると聞いた。社会が「障害」をどんなふうにとらえるのか考える学問だと、前に力説されたことがある。「全盲とロービジョン、それから、色覚異常や聴覚障がいを並べた時にどんな違いがあるのかというのを切り口に論文を書くつもりだ」と言っていたと記憶している。

ジンさんが失明した時のエピソードは、初めて聞いた時には強烈で、びっくりした。目の中にできた腫瘍で、小学校の低学年で両目とも取ってしまったというのだから。当然ながら、今は光を感じることがない全盲だ。

「だからね、ぼくはサッカーというと、アニメで見てた必殺シュートみたいなのしか知らないんだよね。それでよくブラインドサッカーやっているよね」

などと言って笑う。

小さい頃に光を失って、見えない世界での生活には適応しているけれど、目で見てサッカーの動きを身につけてから失明した人に比べると、体の使い方がうまくないとジンさん自身感じているという。そのくせ、しつこい守備には定評があり、サイドＢに欠かせないメンバーだ。

そして、ジンさんは、大学でどんなふうにして授業に対応しているのか教えてくれた。

「ぼくの場合、点字はがっつりやったから、点訳がある教科書は問題ないんだよね。でも、今、大学の授業では、先生が自分で教材を作ってくることも多いから、それにどう対応すればいいか、学期の始まりには相談に行くよ。先生からオリジナルのファイルをもらえれば、そのままパソコンで読み上げて予習していくし、プリントで配られた場合は文字認識ソフトでテキストファイルに変えて、やっぱり読み上げかな。じゃあ、点字はいらないか、というと、ぼくにとってはすごく大事なんだ。自分の考えを書き言葉にできる方法は必要だから。ほら、これ、点字ディスプレイと入力装置がセットになったコンピュータみたいなもの。ぼくはメモをこれで取る」

1列に並んだマス目に点字が浮き出る「点字ディスプレイ」！　入力もできて、録音まで同時にとってくれるすぐれものだ。一輝は自分で触ってみて、しみじみ感動した。情報技術、スゴイ！

病気の発症から1年しかたっていない一輝は、まだ知らないことだらけだ。ブラインドサッカーでできた人とのつながりは、すごく大きな情報源だった。

「まあ、サッカー続けよう思ったら、やっぱり生活を安定させなあかんのよ。特に、ヨーヘイみたいに日本代表までやろうと思ったら、職場の理解も必要やし。光瀬くんかて、そういう欲が出てくるかもしれへんな。がははは」

ナツオさんの豪快な笑い声に巻き込まれて、みんな大いに笑った。

結局、一輝は、ナツオさんの勧めの通り、視覚支援学校の進路指導部の先生の知恵を借りることにした。

帰り道、バスの中で一輝は、進路を本気で考えるきっかけをくれた春名にメッセージを送った。

〈ありがとな。ちょっと気合入れて考えてる。ナツオさんにも相談した〉

しばらく待ってみたけど、返事はなかった。きっと予備校の授業中だ。

## 本気モード

ブラインドサッカーの試合があった日曜日の夜は、体も頭も疲れてすぐに眠たくなる。でも、一輝は、受験生だという自覚から、少しがんばって数学の勉強をした。

一輝は数学が嫌いではない。ただ、視力が落ちてからは、手書きで細々とした計算をするのがつらくなった。拡大読書器やタブレットを使えば読めるとはいえ、顔を近付けるから全体が見えなくなる。ちょっと複雑な数式は、全部、頭の中に覚えていなければならず、すごく集中力が必要だ。

結果、体の疲れと頭の疲れが一緒になって、一輝は机に向かったまま寝落ちした。翌朝は、いつもよりも遅く目が覚めた。もっとも、1本遅い電車には間にあったので、普通に行けば遅刻せずにすみそうだった。

高校の最寄り駅に到着すると、一輝は慎重に伸縮式の白杖を伸ばした。カチカチとホームの床に白杖を当てながら、点字ブロックも目の端で確認して進む。

点字ブロックについて「目が見えない人のためのものなのに派手な色に塗るのはおかしい」と言う人がいる。一輝も前は不思議に思っていた。

でも、今は分かる。全盲ではなくとも見えにくいロービジョンの人にとっては、目立つ色だとすごく助かる。

混雑する駅前ロータリーを抜けた後、カツン、と白杖の先に何かが当たった。一輝は、ドキッとして立ち止まった。

もわーっとした視界の向こうにある障害物は違法駐輪の自転車だ。ならば、避けさえすれば問題ない。ほっとして、また歩き始める。

まだ白杖が気恥ずかしかった頃、一輝はこのあたりで、ちょっとした事故を起こしてしまった。ベビーカーと出あい頭に激突してしまったのだ。

「どこ見てんの！」と言う母親の鋭い声と赤ちゃんの泣き声は忘れられない。赤ちゃんは無事だったけれど、一輝はパニックになった。あんなのは二度と嫌だ。

以来、一輝は真剣に白杖を使うようになった。慣れてみれば便利だし、頼りになる相棒だ。

最近は、違法駐輪の自転車をかわすのにも慣れてきた。ただし慎重に大回りすることになるので、時間は失う。きょうは違法駐輪が多く、いつもよりかなり手間取った。学校前の長い一本道に入った時点で、遅刻かもしれないと気付いた。

ちょっと足を速めたら、ふいに後ろからあわただしい足音と荒い息づかいが聞こえてきた。

「おう、一輝！　やべえ、おれ、1時間目の前に志望表を再提出なんだ。明け方までアニメ見て遅くなった」

学年一のオタクで、2年生では同じクラスだった佐倉《さくら》の声だ。

「おいおい、おまえなあ、国立志望だろ。この時期にアニメで徹夜かよ」

「うるせぇ、学校も予備校も行ってるんだ。見るのは週末の深夜しかないだろ。とにかく行くぞ！」

一輝は佐倉に腕を引っ張られて、手のひらを肩に置いた。先導してもらって足早に進む。白杖で探りながら進むよりも格段に速くなる。

校舎内に入ると、佐倉はあたふたと進路指導室の方へ去っていった。まだ始業のベルまでには少し余裕があって、一輝はほっと胸をなで下ろした。

昇降口から一番近い階段を上がる。念のために白杖は持っているが、手すりがあるのでそれを頼りに一段一段、足を運んでいく。一輝にとっては、自宅の次に慣れた階段だからすいすいと進んだ。

何度も折り返して3階まで来れば、そこからは廊下を進む。すぐに「いっきー!」「おはよー」と教室の中から声がかかった。

さーっと光が射したみたいに方向が分かった。

ブラサカをやりながら意識するようになったのは、一輝にとって声は光だということだ。ほんの3歩で3年D組の教室へ。人がたくさんいる場所特有の密度の高い空気を頬に感じる。家を出た時から、ここをひたすら目指してきて、やっと一息だ。

ただし、以前に比べると、光の質が硬い。肌がちくちく、ひりひりするような気がしてならない。

夏休み明けの頃は、もっと暖かく、ふわっと包み込むようだった。でも、さすがに今は、受験勉強を意識しているやつが増えて、クラスの雰囲気が尖ってきている。

そんなことを強く感じるのは、春名とセンター試験について話したからに違いない。こういう微妙な変化に、つい先週まで一輝は気付いていなかった。

「おはよう、光瀬」と話しかけられた。

当の春名の声がした。

ことあるごとに一輝に声をかけてくれる春名だけれど、きょうはいつもとちょっと様子が違った。元気がないというか、覇気がないというか。

「佐藤……どうかしたのか」

ふぁあ、と息が漏れるみたいな音が聞こえて、一輝はだいたいのことを察した。

「寝てないのか?」

「寝てるよ。でも、あたし、5時間じゃ足りない体質みたい」

それを言うなら、一輝も同じだ。睡眠不足を自慢するのは、受験生っぽいが、眠たいのは困る。

「きのうの夜、メッセージもらったのに、返事できなくてごめんね」

「ああ、気にしないでくれ。ナツオさんに進路の相談をしたら、結局、ナツオさんとこの進路指導の先生に会いに来いって言われた」

「そっか、あたしもそれがいいと思う」

「きょう、ちょうど、情報の授業で午後はあっちだから、その後に時間を取ってもらえるようにした」

「うん、善は急げだね。ほんと、受験って、ややこしいから。あたしも、志望校決めるのに、頭が痛い。成績上がらないと、選択肢が広がらないし」

そう言って、春名はもう一度、ふぁあっとあくびをした。

「ああ、無理。始業まで3分間、眠るね」

春名は自分の席に戻って、そのまま突っ伏したらしい。見ていたまわりのクラスメイトがくすくす笑っていた。

でも、爆笑というふうにはならない。やっぱり、みんな他人のことより、自分のことでせいいっぱいだ。

「なんやかんやいって、みんな、そろそろ本気モードだよな」

この声は、クラスで数少ない就職組の野田《のだ》だ。実家の工場で働きつつ、音楽活動を続けようとしている金髪男子。2年生の時はアニメバカの佐倉とサッカーバカの一輝と一緒に「三バカ」と呼ばれていた。野田は当然、音楽バカだ。

「おれとしては、受験するやつらの健闘を祈るのみだよ」

「ああそうだよな……」と言いかけて、一輝は途中で言葉を止めた。

「おいおい、おまえだって受験組だろう」

案の定、野田に突っ込まれた。

「そうだな。本当にそうだ」

「さっきの話、聞く限りじゃ、とうとう一輝も本気出すってことだろう。がんばれよ。おれはちゃんと見届けて、胸アツな卒業ソングを作るからな」

チャイムが鳴って、授業が始まる。

野田がセッティングを手伝ってくれた拡大読書器にあわせて、一輝は英語の教科書を置いた。

本気モードというやつに、一輝もならなければ。

一輝はつい先週まで、なんの根拠もなく「スポーツ組は別枠」みたいな気になっていた。今やかなり出遅れてしまったと自覚するべきだ。落ちた視力に適応しなければならないことを遅れの理由にするのではなく、むしろだからこそ、もっと早く準備を始めるべきだった。

春名の言葉を思い出した。

それは「選択肢」だ。

大滝先生からも同じことを言われたっけ。ちゃんと準備をしないと、本来選べたものも選べなくなる、と。

春名は選択肢を広げるためにがんばっている。

自分もやらなければならない。でも、どこから手をつけていいのか分からない。いや、自分に何ができて、何を目指したらいいのかも分からない。

英語の授業は、先生の言葉が意味不明のお経のように聞こえ、まったく耳に入らなかった。

## 印西先生と魔法の呪文

その午後、一輝は一人で電車に乗って視覚支援学校に移動し、2階の角にある情報室で、印西《いんざい》先生を待った。

一輝にとって、1週間の中で一番刺激的な授業の始まりだ。

印西先生は、以前、情報系の会社のエンジニアだったことがあって、今でも障がい者教育のための情報技術研究では有名な人らしい。その人がじきじきに、コンピュータのプログラミングを教えてくれる。

印西先生の足音は独特で、タンタンタンタンと小刻みに跳ねるみたいなリズムだ。だから、一輝は廊下から聞こえてくる音に耳を澄ます。そして、明るい光を弾ませながらやってくる先生が、「こんにちは！」と言う瞬間を心待ちにする。

この日も、印西先生は張りのある声であいさつすると、すぐにこう続けた。

「さあ、きょうも始めましょう。何度も言っていますが、プログラムというものは呪文です。つまり、魔法の言葉です。パソコンの言葉を覚えて正しく話しかければ、まるで召使い妖精のように言うことを聞いてくれるわけです」

これは印西先生の信念みたいなものだ。何度も聞いているけれど、その都度、ほとばしるような力強さを感じ、一輝はいつもはっとさせられた。

印西先生のフルネームは、印西エドガー。エドガー先生とも呼ばれる。お父さんがイギリス人だそうだけれど、日本で育ったので日本語はネイティヴだ。一輝は最初、「印西先生」と「江戸川先生」が別にいるのかと思っていた。

視力が落ちてから出会った人だから、印西先生の見た目の細かいところはよく知らない。少なくとも西洋人っぽくはなくて、つまり、日本人的な中肉中背だ。髪の色も金髪とかではなかった。

誰かが「ハリー・ポッターに似ている」と言っていた。でも、一輝は、むしろ、別の人に雰囲気が似ているように感じてならなかった。ただ、それが誰なのか分からず、ずっともやもやしていた。

とにかく、一輝にとって、印西先生は特別な先生だった。体験入学で、この情報室を訪ねた時、一輝はすぐ印西先生に魅了された。

「情報技術は力です」と印西先生は最初からさっそく強調した。

「視覚障がいがあるとパソコンもスマホも使いにくいと思っていません？　逆ですよ。見えない人、見えづらい人にとって、まさに魔法の力なんです。ぼくの授業では、その力を使う方法を学びます」

一輝は、授業を取ろうとその場で決めた。その時、心底、魔法がほしかった。以来、一輝は魔法使いの弟子だ。

最初の頃は、ほかの生徒と一緒にパソコンのキーボードを叩く練習をした。見ないで打ついわゆるタッチタイプだ。それに慣れてくると、印西先生は、個人授業に切り替えた。もともと生徒数が少ないので、先生と1対1の授業はよくあるそうだ。

この日も、一輝は午後の時間を、プログラムを書き、実行し、修正することをくり返して過ごした。それだけでどんどん時間が過ぎた。

プログラムというと、最初、母やクラスの友人にびっくりされた。でも、いかにプログラムといっても、言葉のようなものだ。それも、英語を勉強するのとは違って、使われる言葉は決まっているから、その点では簡単だといえる。順序立ててやってみれば、誰にでもできる。要はこういうのが好きかどうか、だ。

一輝は、最初の頃に、音を鳴らす練習プログラムを書いた。これは、はっきり言って小学生レベルだ。次に音で目の数を知らせる電子サイコロを作って、今は、スマホを使ってリズム遊びをする音ゲーにまで発展した。そして、いつか音で遊べるサッカーゲームが作れないかと考えているところだ。

そうやって、プログラミングに慣れていくと、パソコンやスマホやタブレットを使うスキルも自然と上がる。生活が楽になるのは間違いなくて、印西先生が言う「魔法の力」を実感することが多い。それだけでも、この授業を取って正解だった。

一輝の場合、プログラミング言語を覚えるのはそれほど苦ではなかった。でも、やはり見えにくいと、数学の数式と一緒で全体を一覧できないので、いつも頭の中に大掴みな構成を叩き込んでおかなければならない。集中を要するから、長時間やっていると頭がぼーっとしてくる。

そこで、先生は頃あいを見て、作業の合間にお茶を出してくれる。そして、ちょっとした小話をする。一輝は、この雑談の時間も好きだった。

「視覚障がい者で、情報技術に興味がある人の適性ですが、ぼくはいつもこんなふうに言います。スマホアプリを考えてみましょう。アイコンにタッチすれば起動して便利に使えますね。でも、背後には膨大なプログラムがあるわけです。こういったアプリを作るとして、視覚障がい者は、アイコンをデザインするのは難しいけれど、文字で書かれたプログラムにはまずまず向いているというのが私の持論です。全盲の教え子の中には大学で情報科学を学んでプログラマになった人がいますよ。彼の場合、耳で聞いてプログラミングするんです」

「全盲で……情報系の大学に行ったんですか」

一輝は、驚いて聞き返した。

今は自分も当事者の一人なので、以前みたいに「こんなことできるはずがない」というような偏見からは自由になったと思っていた。でも、完全に目が見えない状態のプログラミングというのは、一輝の想像を絶する世界だ。

「やっぱり、ぜんぶ読み上げソフトを使って、耳で聞いてやるんですか?」

「そうです。何倍速だったか忘れましたが、猛烈な速さにして聞いていましたよ。私なんかが耳で聞いても、さっぱり分からないくらい。モニタの上で読むのとどっちが速いか競争してみたことがあります。そうしたら、あっちの方が速かったんです。彼ができなかったのは、まだＯＳがインストールされていないパソコンのセットアップだけです。読み上げソフトを入れるところまで行けば、なんだってできてましたよ」

ええーっ、と思った。

耳で聞いているとゆっくりになってしまうと思っていたら、むしろ速いとは!

「魔法使いには2種類います」と印西先生は言う。

「それは、魔法を使うだけの人と、新しい魔法を作る人です。彼は、新しい魔法を作る人でした。そのためには、努力を惜しみませんでした」

ちょうど授業の終わりのチャイムが鳴った。

一輝は息が詰まるような気分になった。

きっとその人は、すごく準備して大学に行ったのだろう。どう考えてもそうだ。それに比べて……。

「光瀬くんも、やっぱり関心がありますか？　センター試験の科目は何を取るつもりですか？もうこの時期で、科目の変更はオススメできませんが、それなりの対策はありますので」

「え……」

いきなり進路の具体的な話になって、一輝は戸惑った。

「チャイムが鳴りました。授業はおしまいです。今から進路指導。私、進路指導部です。佐藤先生から相談に乗るように言われています」

「え、そうだったんすか！」

そういうわけで情報室は進路相談室に早変わりする。

「それで、光瀬くん、志望校は決まっているんですか?」

「正直言って、何をやりたいのか、何ができるのか見当も付いていなくて。視力が落ち始めて1年、今の状態になってから半年そこそこなので、これからどうなるんだろうという不安もあるし」

「そうでしょうね。そう感じて当然です。そこで、こう考えてみてはいかがでしょうか。光瀬くんの場合、これまでそれどころじゃなかったけれど、今、やっと進路を真剣に考えられるところまでたどりついたんだ、と」

「たしかに、そうですけど……」

それでも、受験の準備がほとんどできていないのは困ったことだ。

「さいわい、今はまだセンター試験も、その後のそれぞれの大学への願書も期日前です。ですから、まだ遅いなんてことはありませんよ。光瀬くんのような困難を経験した人にとっては、自分の準備ができた時が、スタート地点です。結論から言いますと、光瀬くんが受けられる大学はまだたくさんあります」

印西先生が教えてくれたのは、情報科学系の学科がある大学だった。先生としては、一輝にそっち方面の勉強をしてほしいらしい。驚いたのは、一輝が受験できる大学は、かなりたくさんあることだ。選択肢は意外に残っている。

まず、丈助にスポーツ推薦の話が来ている東京のサッカー強豪大学にも福祉学科情報科学専攻があって、視覚障がい者が通った実績がある。

それに、指摘されて初めて気付いたのだが、視覚障がい者を専門に受け入れるみらい科学技術大学は、鍼灸やマッサージなどを学ぶ保健学科に加えて、情報学科がもうひとつの柱になっているのだ。

「だから言っているでしょう。視覚障がい者にとって、情報技術は最高の武器なんです」

「でも、募集人数がやっぱり少ないですよね。センター試験の点数は必要だし……」

「そこは、がんばれとしか言えません。でも、努力する前に投げ出すのはどうか、と。募集人数が少ないのは事実ですが、それは、逆に進学希望者がそれほど多いわけではないということです。運不運はありますが、運を引き寄せるのは努力です」

「そうですよね……」

一刻を惜しんで勉強しないと、いや、しても、間にあうかどうか……。

受験が終わるまでは、ブラインドサッカーをやっている場合ではないかもしれない。春名だって、とっくに吹奏楽部を引退している。

「そういえば、ブラインドサッカーはいつまでやるんですか」

印西先生が、一輝の考えを読んだみたいに言った。

「あれは、私の夢のスポーツに近いんです。私の兄は陸上の選手だったんですが、病気で視力が落ちて、競技も続けられなくなりました。それからスポーツに背を向けてしまいました。早い時期にブラサカのように、目が見えようが見えまいが関係ないスポーツに出会っていたならと思います。私にはそれが残念で、情報技術で誰もが同じ条件で競える環境を作ることができないかと――」

ちょっと声が上ずるほど熱が入った話し方だ。自然と言葉が弾む。印西先生が熱い先生なんだと分かる瞬間だった。

「それって、どういうことですか？　情報技術で、みんなの条件を一緒にできるんでしょうか」

「一緒というのはたしかに無理です。でも、たとえば、下肢を切断した人も、義足をつけることで走ることができますよね。パラリンピックにもその種目があります。この場合、義足の性能が上がると、オリンピックの金メダリストよりも速くなる可能性があるのを知っていましたか？　障がいを持っているはずが、誰よりも速い超人になれるんです。そして、視覚障がいで、義足の役割をするのが、情報技術ではないかと思っているんです。もっとも、それを実現するためには、ブレイン・マシン・インターフェイスといって、念じれば、それだけで入力できるような技術が鍵になっていて、私もその研究を大学のラボと協力して進めています。いずれ兄にも使ってもらいたいと――」

こほん、と先生は咳払いをした。

「失礼しました。ちょっと話しすぎですね。ここは私のことを語る場ではない」

「いえ、とてもおもしろいです。やっぱり先生はすごいんですね」

一輝には正直、ついていけない話題だったけれど、印西先生が想像もできないようなことを実際に研究しているのだということは理解できた。一輝もそういう研究ができればいいのだが、そこにいる自分は今のところまったくイメージできない。

「ところで、光瀬くん――」

印西先生は普通の口調に戻った。

「ふと思ったのですが、関東リーグが終わるのはいつですか？」

「え……12月ですけど」

「優勝できますか？」

「はい？　もちろん目指しています」

「目指すのではなくて、優勝できますか？」

一輝は目を凝らして、なんとか印西先生の表情を見ようとした。でも、一輝の視力では難しい。先生が何を言っているのか分からずに、一輝はただ目をしばたたいた。

## 丈助の準々決勝

センター試験の出願はかなり神経を使う。

受験生ならだいたいみんなやるものだろうと言われればその通りだが、一輝の場合は、特別配慮の願いなどで、提出する書類が多い。母さんに手伝ってもらいつつも、何か必要な書類を忘れていないか、どきどきしながら願書を送った。しばらくして、受理を知らせる確認はがきが届いたところで、一輝はほっと一息ついた。

これでなんとか受験はできそうだ。もっとも、ちゃんと勉強しなければならないことには違いなく、日々は目まぐるしく過ぎた。部活がちょうど高校選手権の県内決勝トーナメントに向けていよいよ仕上げの時期に入ったのを機に、一輝はブラインドサッカーを週末だけにとどめることにした。平日は授業終わりで帰宅し、少しは受験生らしい毎日になってきたと思う。

そうこうするうちに、秋も深まり、朝晩、肌に感じる風がひんやりする季節になった。

クラスの雰囲気がますます受験一色に塗り込められていく中、一輝はその土曜日、家からちょっと離れたところにある県立臨海《りんかい》競《きょう》技場《ぎじょう》に出かけることにした。

ここに来て夏休み明けに逆戻りしたのかというくらい受験生らしくない振る舞いだが、どうしても見なければならない試合があった。サイドBの練習もたまたま休みだったし、家で勉強用に使っている拡大読書器の調子が悪く、調整に出さなければならなくなったり、いろんなことが合わさって、一輝に「見に行け」と背中を押しているような気がした。

前日の夜、春名がごく自然に連絡してきた。

「明日、何時に出る？　迎えに行くよ」と。

だから、当日の移動は、家からずっと春名と一緒で、とても楽だった。春名は小さい頃からナツオさんに接しているから、視覚障がい者をどうアシストすればいいのかよく分かっている。そういえば、去年、視力が落ち始めた時、学校で初めて肩を貸して誘導してくれたのも、春名だった。それがあまりに自然だったので、最初冷やかしていたまわりの生徒たちも、すぐに何も言わなくなった。

そんなわけで、スムーズにバスに乗り、少し歩いて、目的の競技場にたどりついた。試合が始まる1時間前には、もう席に陣取り、余裕をもって待つことができた。

「いよいよだね。ジョーは本当にがんばったと思うよ」と春名は言った。

「そうだな。本当にここまで来た。県内の高校サッカーじゃ、聖地だからな」

高校サッカー選手権の県最終予選の準々決勝。

都川高校サッカー部は勝ち残ってここまでやってきた。

キャプテンの丈助をはじめ、一輝と同じ学年の仲間たちが中心になってきたチームだ。ブラサカ班という形ではあるが、ずっと一緒に練習してきた仲間たちでもある。応援に行かないなんてありえなかった。春名にとっても、幼なじみの丈助の晴れ舞台だった。

そういえば、朝、バスに乗っている途中で、丈助からメッセージが入った。

〈イッキ、見ててくれるのか？　ハルと一緒なんだよな？〉

〈もちろん。相手は試合運びがうまい強豪だ。センターバックとキーパーは日本高校サッカー選抜の候補メンバーだよな。でも、おまえらがベストを尽くせば勝てる！　楽しみにしてる〉

〈ありがとう。決勝戦のつもりでやるから！〉

〈おう！　その意気だ。チームを勝たせ、自分も輝け！〉

一輝は、丈助たちが積み重ねてきた努力や工夫を知っているから、ことさら強くそう思う。

競技場は陸上のトラック併設で、スタンドには屋根がない。夏は日差しが大変だが、今は秋だし、雲のかかった空と少し湿った空気のおかげで快適だった。

相手が地域強豪校であることもあって、応援がすごかった。都川は完全に負けている。でも、仕方ない。こっちは、全国経験がない「どこにでもある」レベルのサッカー部だ。世間ではここまで勝ち残ったことに驚いている人の方が多いだろう。

でも、実際のところ、攻撃陣の技術や、チームの戦術は都川の方が上だと一輝は信じていた。

「つくづくすごい舞台だね」と春名がしみじみ言った。

「ワクワクするし、ピリピリする。真剣勝負の場だからだよね。吹奏楽のコンクール直前の控室。思い出すな」

「まさにそういうのだろうな」

一輝は、試合前の控室の雰囲気を思い浮かべようとした。

しかし、頭に霞がかかったようにぼんやりとしか思い出せない。一輝にとって、控室があるようなちゃんとしたスタジアムでプレイした最後のサッカーの試合は1年以上前だ。それも、もっと小さな会場だった。

この臨海競技場は、Jリーグが始まった頃に、一時、プロチームの本拠だった。日本代表の試合だって行われたことがあるそうだ。丈助たちの舞台は、これまでになく大きい。一輝が知らない世界を、丈助もチームの仲間も、今、旅している。

だから、やっぱり、今できるのは応援のみ。

「ジョーは、この試合に勝てば、スポーツ推薦が確定するそうだし、本当、ドキドキする。光瀬も、ナツ兄の学校に相談に行って、専門家と話せてよかったよね。思ったよりも、いろいろ選択肢があったわけだし」

春名は進路の話へと話題を変えた。今の状況では、二人の話題は、自然とそういうことになる。

「ああ、それだ。選択肢のこと」

一輝はふとあることを思い出して、「選択肢」という言葉をくり返した。9月に春名と話した時、春名は成績を上げて選択肢を増やしたい、みたいなことを言っていた。でも、今はもう11月だ。

「進路指導をしてくれている印西先生に言われたんだ。今年の受験に関しては、もう選択肢を広げる時期ではないって。半年前なら、選択肢を広げる意味があったかもしれないけど、今はもう、選択と集中が大事なんだって。これと決めたことをやり抜く覚悟というか」

「ああ……」と春名が声を詰まらせた。

「え、どうかしたか？」

一輝はびっくりして聞き返した。さっきまでのしみじみした様子ではなくて、急に思い詰めたというか、切実な声だった。

「たしかに、そうだよね。選択肢を広げるばかりじゃダメなんだよ。最後は、これだと決めて突破しないと……」

「そうだと思う。おれもブラサカをどうしようかなと考えてる。次のリーグ戦にはもう出ることに決まっているんだけど、それが終わったあたりで、『選択と集中』を意識しなければならないのかな、って。やっぱり、しばらく、受験に集中すべきなんだろうな」

一輝は、印西先生が、前に「リーグ戦で優勝できるか」と聞いてきたことを思い出した。あれは、ブラインドサッカーでの実績をアピールして、ＡＯ入試を受けてみては、という話だったと後で分かった。結局、時期的にもうぎりぎりだったので諦めたが、印西先生は「日本代表のエースに推薦状を書いてもらったりできないんですか」などと、結構、乗り気だった。

「佐藤はどうなんだ。結局、学科は決まったのか？　悩んでるって言っていたよな」

「それが、どっちも魅力的なんだよね。保健福祉学科っていうのは、保健政策とか福祉政策とか、たくさんの人の健康や福祉をよくする方法を考えるところで、理学療法科は一人ひとりの患者さんと向きあうところでしょう。あたしはどっちに向いてるんだろう。両方に魅力を感じるんだよね」

「へぇ、そういうものか……」

一輝は春名の悩みがよく分からなかった。でも、そういうところを深く考える人もいるんだなあと、おもしろく思った。

そうこうするうちに、試合前のグラウンド練習が始まった。

一輝は観戦用のタブレットとスマホを架台にセットしなければならず、進路の話題はそのまま流れた。

ちなみに、架台は家が町工場をやっている野田が作ってくれた。画面を自由に動かせるハンドルまで付いていて、視力が落ち始めた当初はすごく重宝した。でも、スタジアム観戦するのは久しぶりだから、今、どれくらい役に立つかは分からない。とにかく、タブレットの方にはフィールドの広い面積が常に映るようにしておき、スマホで細かい動きを追うつもりだった。

ふいに空気が冷たくなって、ぽつりと頬にひんやりしたものが当たった。

「雨……」と春名がつぶやいた。

「まずいな」と一輝。

「雨になると、ジョーみたいなスキルフルな選手の持ち味が削がれる」

「そうなの？」

「ボールが走らないからパスが通りにくい。何より、ドリブルだってスピードに乗れない」

「なるほど……雨、やんで！」

春名が祈るような仕草をするのが分かった。

でも、頬にかかる冷たいものの間隔は、どんどん短くなっていった。一輝は荷物の中からタブレットとスマホのレインカバーと、自分が着るレインコートを取り出した。

## 丈助の活躍

雨の中、キックオフの笛。

いよいよ試合が始まる。

都川高校サッカー部と県内古豪との準々決勝戦。丈助にとっては、大学の推薦がかかった試合だ。

「いけ！　ジョー！」

一輝は自然と叫んでいた。

「がんばれ、ジョー！」

隣の春名も声をあわせた。

「すごいよ。この雨でもちゃんとパス回せてる！」

ズバッと強いパスが通るのは気持ちいい。うわーっと歓声が起きるのは、プレイがよどみなくつながっている証拠だ。

一輝はやはり、直接ピッチを見るのは無理で、画面を通しての方がまだ分かりやすかった。それでも充分に見えるわけではなく、歓声やら、隣の春名の言葉やら、ふだんから知っている丈助と仲間たちのプレイのイメージやらをあわせて、なんとか頭の中で補完できていた。

それでも、ここにいることに意味がある。選手たちと同じ空気を吸い、ボールを蹴る音が直接、肌で感じられる場所で、応援の声を上げたかった。

最初、速いテンポで展開できていたボールの動きが、すぐに滞り始めた。

やはり雨でボールが重たいのだろう。

「ああ、ジョーまでボールが行かないよ」と春名が言う通り、前線の丈助がスピードに乗ってパスを受け取るような状況を作れていない。

「雨だと感覚がズレるんだ。ボディブローみたいにどんどん集中力が削がれる……」

一輝がネガティヴなことを言った瞬間に、うわーっとまた競技場がわいた。

「わあっ」と春名も声を上げた。

「ジョーのドリブル……地面にボールがついてない！」

水が浮いてボールが転がらないピッチを嫌って、リフティングしたまま走っている。

春名があわててスマホで丈助を追ってくれて、一輝にもなんとなくそのプレイが分かった。

アクロバティックだが、競技場をわかせ、空気を変える力がある！

結局、ボールを一度も地面につけないまま、ボレーシュート！

「わーっ」とわいた後で、「はぁー」と気が抜けたみたいに歓声の「色」が急に変わる。ファインセーブに阻まれたからだった。

さらに、新たな歓声が続く。

相手の逆襲だ。一転してピンチ！

「あああっ」と春名が悲鳴を上げ、競技場を包む声の膜がビリビリ震えた。はちきれんばかりの歓声の隙間からかろうじて、ホイッスルが聞こえてきた。

「やられたー」と春名。

「何あれ、一瞬でやられちゃったよ。何が起きたのか分からなかった」

「相手は強豪だ。戦い方を知っている」

分かったようなことを言いながら、一輝は歯を食いしばった。

嫌な点の取られ方だった。

観衆をわかせた丈助のチャレンジが、ただの「軽いプレイ」になってしまう。

それに、ここから先、相手はまずこの1点を守ろうと守備の意識が強くなる。ボールが走らないこの状況で、守備的になられたら、簡単にはこじ開けられない。

案の定、そこから試合展開がスローになった。

時々、わーっという声が盛り上がりかけても、途中で失速してしまう。パスはつながらず、ドリブル突破もかなわない。

たぶんちゃんと見えていても、退屈でイライラさせられる展開だったろう。

結局、前半の間はずっとそうで、守りきられた。

「ねえ、光瀬、これどうすればいいの？　得点できる気がまったくしなかったよ」

春名がぼやいた。

「とはいっても、都川はパスをつないで、エースの丈助にいい形でボールを持たせるのがパターンだ。やっぱり、雨の中でがっちり守られたらそこまで行かない。こういう時には、うまいやつよりも、強いやつの方が有利なんだ」

「そんなー」と春名は言うが、事実だ。

もしも、自分があそこにいたら、とふと考えた。

一輝は体が大きく強い選手だと思われてきたし、自分でももっと強くなりたいと願ってきた。

ロングシュートもいける方だから、遠い距離からでもどんどん狙って、相手の守備の陣形を緩めることができたはずだ。

一輝が尊敬するスペインリーグの日本人選手が、レギュラーを獲得した試合で見せたすごいプレイを思い出す。パスが通りにくい雨の中、何度も何度も強烈なミドルシュート、ロングシュートを放ち、最後は相手のディフェンスに倒されて得たフリーキックを見事に決めた。あれは、一輝の中では伝説のプレイだった。

今、一輝がピッチにいれば、そこまですごいプレイはできなくても、まずは自分のシュート力に意識を向けさせて、丈助をフリーにすることができるはずだ。小柄で技巧派の丈助とは体格的に凸凹だけど、実は名コンビで、二人が一緒にいれば、試合の流れによって、「うまい」と「強い」を使い分けることができた。

「あそこに、おれがいたら……」と口に出しかけ、一輝はあわてて首を振った。

「何か言った?」

「いや、なんでもない」

それは考えてはいけないことだ。もう、一輝は丈助たちとは違う方に向かっているのだから。

そうこうするうちに、後半の開始。

すぐに戦い方が変わったのに気付いた。

長いボールが蹴られている。キックの音の大きさと、次のプレイまでの時間で分かる。つまり、1点を追う都川の戦術が変わったようだ。

丈助がドリブルで持ち込むのではなく、最前線で攻撃の起点になろうとしている。味方からの長いパスを受けて、ボールをキープして攻め上がりを待つ。でも、マークに付くのは強い大型センターバックだ。

「あー、ジョー、何やってんの。倒れてばっか！　相手の選手、大きすぎ。大人と子どもみたいだよ！」

一輝は胸がざわついた。

何をやってるんだジョー、と心の中でつぶやいた。

いくらなんでもU18日本代表候補の大型センターバックに強さで勝てると思っているのだろうか。本当なら、丈助ではなく、一輝自身がああいう体を張るプレイをするべきだったのに……。

でも、それはやはり考えても仕方がない。

不利なことが分かっていても執拗に同じプレイを続ける丈助に、だんだん一輝は胸が熱くなってきた。

丈助は、何がなんでも、1対1の勝負で相手に勝とうとしている。強烈な意思を感じる。

「選択と集中」

　思わず口をついて出てきた。

「え？」

「ジョーがセンターバックとの勝負に勝たないと意味がないとみんな思ってる。攻撃の選択肢はほかにもあるのに、あえてあそこに力を注いでいるんだ。印西先生が言っていたのは、きっとこういうことだ……」

　春名が息を吞んだ。

「力を集中する部分を決めることが大事……だっけ」

「そういうこと」

「……でも、ちょっと見てるのがつらい。ジョー、雨と泥でユニフォームもうぐちゃぐちゃだよ」

「どろんこのユニフォームは勲章だ。がんばれジョー」

　まったく、持ち前の華麗なプレイスタイルからは程遠い。

　丈助がこんな泥臭いこともできるんだと思うと、誇らしくもあった。

　一輝はぎゅっと手を握りしめ、歯を食いしばった。

「行けー、ジョー！」と春名が叫んだ。

ロングボールを足元に収めた丈助が、パスを出すと見せかけて鋭く反転した。

そんな細かい動きは今の一輝には見えないのに、ちゃんと分かった。これまでに何千回も見てきた丈助の動きが、頭の中に自然と浮かんできた。

そして、センターバックの逆を突いて……抜いた！

「やった！」と手を振り上げかけて……だめだった。

シュートは、キーパーに拳で防がれたようだ。

それでも、このプレイをきっかけに試合の雰囲気が変わった。

都川が勢い付く。守備の中心選手を破って、決定機を作ったというのは、やはり大きい。

チームに自信と確信が芽生える。

ディフェンスの舘山が前に出て、攻撃参加。雨の中で、丈助とものすごいコンビネーションを見せる。今、舘山がやっていることは、以前の一輝がやっていたことと同じだから、手に取るように分かる。

一輝がいないならいないなりに、誰かが役割を果たす。そんな練習をしてきたのを知っている。だから、自分の役割が奪われたと思うのではなく、素直に応援できる。

行け！　丈助！　舘山！

急に雨脚が強まった。

一輝はスマホとタブレットをカバンにしまった。防水カバーをつけていても隙間から浸水してしまいそうだし、これほどの雨になるとどのみち水滴のせいでよく見えない。

だから、ここから先、歓声だけが頼りだ。

隣にいる春名は、一輝のことを考えて、ちょっと解説ふうに話してくれる。

「わーっ、すごいすごい。どんどん攻め込んでる！　怒濤の攻めだよ。さっきまでが嘘みたい。声だって届かないはずなのに、連携が取れてる！」

一輝はニヤリと笑った。

声が届かなくても連携が取れる理由を、たぶん一輝は知っている。

それは、イメージを共有する訓練をずっとしてきたからだ。ブラインドサッカーの練習を通じて、部員全員が少なくとも「イメージ共有」の大切さを自覚している。ブラサカでは、それがないと攻撃も守備も成り立たないのだから。

そして、この雨脚では、守備だって大変だ。ディフェンスラインの統率のための指示も、声が通らない。距離感が変わって、マークの受け渡しがずれる。

一方、都川は、声に頼らずに、おのずとお互いの意図を察知しあう。

「今、有利、不利がひっくり返った」

一輝はたしかに見えた。雨の向こう側のピッチで丈助たちが躍動し、ボールを自在に回す姿が。

さあ、決めてこい！

心に念じると、歓声が耳に飛び込んできた。

「やったー、同点だよ！」

春名の声に、一輝は拳を突き上げた。

雨の悪条件で、格上を相手に、これぞという戦い方を選んで、集中したからこそ追い付けた。

イメージを共有できたからこそ突き抜けた。

誇らしい。すごく誇らしい。

「行けーっ、逆転だ！」と大きな声で叫んだ。

## ライバル

「さあ、きょうも楽しんでいこう！　*We enjoy!*　目指せ宇宙一！」

陽気なヨーヘイさんが、半分、歌うみたいに言う。

「じゃあ、スタメンだけど、きょうは、ミッチー、光瀬一輝選手に出てもらうから。フル出場するつもりでね。ナツさんはリザーブでよろしく」

「オーケイ、年寄りは、たまには楽させてもらお」とナツオさん。

「ええーっ」と一輝は声を上げた。

ブラインドサッカーの関東リーグ戦。ホームに相手を迎えての試合。次戦からはアウェイが続くので、一輝にとってはいい区切りになる。とはいえ、いきなり先発フル出場を言い渡されるとは。これまで一輝は、怪我人などがいない時は、基本的に途中出場だった。

「本当にいいんですか。きょうはフルメンバーそろっているのに」

「だって、相手は最大のライバルチームだし、あの3兄弟が来るし、ミッチーにとってもライバルだし！」

ヨーヘイさんは何かわけの分からないことを言った。

一輝としては、先発をまかされたからには、とにかく全力でやるまでだ。

前の週末、丈助の試合を観戦して、一輝は大いに刺激を受けた。

本当にすごい試合だった。雨の中で先取点を奪われながらも、丈助は自分の役割を見失わずに劣勢をはねのけた。1対1のままPK戦にまで持ち込んで、結局、10人目が蹴るまで決着が付かなかった。最終的に都川は負けたけれど、伝説として語り継がれるレベルの試合だった。一輝はサッカー選手として体が震えた。

何日かたった夜、丈助から連絡があって、さらに刺激を受けることになった。一輝はちょうど春名とメッセージのやり取りをしていたところだったので、そこに丈助を加えて、3人で通話する形になった。

「すごい雨だったのに、スタンドに二人がいるのが見えた。勇気がわいてきた。ありがとう」

丈助はまず礼を言い、こう続けた。

「推薦、オーケイになった。あの試合の録画を大学のスタッフが見てくれて、評価が高かったって」

一拍置いてから、一輝も春名も同時に大きな声を上げた。

「えーっ、おめでとう！」

「まじか、やったな！」

たしかに、あの試合を見たら、評価は上がるだろう。うまいだけじゃなく、最後まで集中して、やるべきことをやり続けた。「うまいやつよりも強いやつが有利」な状況で、ひたすら「強い」センターバックと当たり続けて、最後は守備を崩した。それにしても、東京のサッカー強豪大学が、丈助のプレイを認めたということに、一輝はじーんと胸が熱くなった。

丈助はもはや、ただうまいだけの選手ではなく、強さを身につけようとしている。そして、すごいメンタルを持っている。一輝は丈助のことが素直に誇らしかった。

「よかったなジョー。大学側も目が高い。あれだけやれるやつなんてめったにいない」

「ありがとう、イッキ。おれ、イッキならどんなふうにやるか考えてプレイしてた」

うれしいことを言ってくれる。

でも、正直、あの試合の丈助は、一輝よりもはるかに上の選手だった。

二人とも同じ道を歩いていたのは1年前までの話だ。あの頃は、いつかサッカーのスペインリーグに行きたいと漠然と思いながら、それぞれ憧れている日本人選手のことで言い争ったりするような、どこにでもいるサッカー好きの子どもに過ぎなかった。「太陽と月」「王子と警護《SP》」などと、おかしな名で呼ばれ、二人でずっとプレイできると思っていた。

でも、今はもう、丈助は一歩先に足を踏み出し、未来に向かって進もうとしている。二人一緒だった頃は、遠い思い出になってしまった。

丈助はほかに報告しなければならない人たちがいたので、すぐに通話を切った。

残された一輝と春名はしみじみと言いあった。

「先に行かれちゃったよね」

「そうだな。おれたちもがんばらなきゃな」

通話を終えた後、おのずとモチベーションが高まって、一輝は、やるぞとばかりに机に向かった。

しかし、胸の奥に落ちつかないもぞもぞした部分がある。何かまだ自分が中途半端な気がしてならないのだ。

丈助のようにまっすぐに集中して突破しなければならない。

なら、ブラサカも受験勉強の間はやっぱり休むべきだろう。

次の試合には出ると約束しているので、それが終わったら相談しよう。

一輝はそんなふうに決めた。

そして、その週末、地元にライバルチームを迎えての公式戦にのぞんだのだった。

たぶんヨーヘイさんは、そんな一輝の気持ちに気付いていたのだろう。だから、今回、一輝に先発フル出場するように言った。一輝としても、これまでの練習の成果をすべて出しきってよい区切りにしたかった。

「よーし、ナイペン、来た？　試合前のエール交換に行こう！　ミッチーおいで！」

ヨーヘイさんが呼びかける。

「こら、ヨーヘイ、ナイト・エンペラーズってちゃんと言いなさい。失礼でしょう」

これはガイドのユリアさんだ。

「それにしても、すごいチーム名ですよね。夜の帝王ですか？」と一輝は言った。

「ん？　ナイペンは、東京の繁華街のチームだからね。まさにナイペンなんだよ」

「ナイト・エンペラーズ！」とすかさずユリアさん。

「うちだって、ボルツって呼ばれるし」

「そもそも、ナイペンじゃ略になってない！」

ヨーヘイさんとユリアさんは、いつも二人で漫才みたいな会話をしている。小学生の頃からの友だちだそうで、微笑ましいといえば微笑ましい。

「相変わらず、騒がしいなヨーヘイ」

「きょうは、ボコボコにしますので、覚悟しておいてくださいね」

低く渋い声と、柔らかくて丁寧な声が、連続して聞こえてきた。

「お、来たね！」とヨーヘイさんが答えた。

「ナイペンの護国寺《ごこくじ》3兄弟！　陸《りく》さんと、海《うみ》くんだけ？　空《そら》くんは？　耳寄りな話があるんだけど」

「なんすか。おれはここです」

ややや高めのかすれた声。

「やっぱ来てたね。空くんに紹介したいんだ。うちのミッチー、きょうはきみのマークさせるから。空くんと同い年でブラサカ歴は1年もないけど、センスは誰にも負けてない。いい勝負になるよ。ライバルっていいよね！」

「いや、わけ分かんないすよ、突然」

空と呼ばれた選手は、あからさまに不機嫌そうな声を出した。

「ほら、ミッチー、あいさつ！　親しき仲にも礼儀ありだよ！」

ヨーヘイさんに言われて、一輝ははっとした。

「すみません。光瀬一輝です。よろしくお願いします。まだなんとかついていっているレベルですけど、がんばりますので」

返事はなかった。

「二人とも、もうミーティングやから。はよこっち戻ってきやあ！」

ナツオさんから声がかかった。

「あ、護国寺3兄弟、もういない？　そっか、ミーティングの時間？」

ヨーヘイさんが弾むような足音で戻っていく。

突然の「ライバル」の登場に、一輝は頭がくらくらしたまま自陣に向かった。

「まったく、ヨーヘイ、ああいう煽り方ないよね」とユリアさんが怒る声が聞こえてきた。

「まあまあ、いつものことやろ。ヨーヘイもヨーヘイやし、護国寺3兄弟もたいがいやしな。本人たちは楽しんどるんやろうけど、まわりで聞いている人はびっくりするやろうから、ちょっと場所をわきまえるよう、今度、言うとくわ。ユリアも、そろそろ試合に向けて集中しい。ゴール裏からの指示は、この試合の生命線やろ」

こうやって、諭すように話すのはナツオさんの役割みたいだ。

ヨーヘイさんとユリアさんに限らず、チームの中でちょっとした緊張が走ると、ナツオさんはがははと笑って、いいかんじに問題解決したり場を収めたりする。さすが学校の先生、というふうだった。

## 空との対決

いよいよキックオフが近付いてきて、アイパッチ、アイマスク、そしてヘッドギアまでつけて待機。一輝はちょっと武者震いしてきた。

ナイト・エンペラーズ、ヨーヘイさんが言う「ナイペン」は、サンダーボルツ・サイドBにとって、最強のライバルチームだ。

関東リーグでの勝敗は五分五分。関東から全国大会に行く3チームのうちの2チームはたいてい「ナイペン」と「ボルツ」だそうだ。

全国で戦ったことも過去4回あり、勝敗は2勝2敗と互角。日本代表のエース、ヨーヘイさんを相手にして引けを取らないのは、護国寺3兄弟、上から順に、陸・海・空、というこれまたすごい名前の選手たちがいるから。特に空は、一輝と同い年で、日本代表合宿にも呼ばれる成長株だという。

以上のようなことを、一輝は試合開始5分前にユリアさんから聞いた。

つまり、さっきの機嫌が悪そうな護国寺空選手は、日本代表クラスの実力の持ち主だ。

そして、ヨーヘイさんから言い付けられたこの試合での役割は、「守備は、空のマーク！　攻撃ではとにかく全部、勝負して！」だった。ヨーヘイさんがはしゃいでいるのが印象的だった。

「相手が強いとワクワクするらしいんだよね」とユリアさんはあきれたふうに言った。

「いえ、それ、分かります」

一輝としても、ヨーヘイさんから言われると、同い年の選手、護国寺空のことを意識せざるを得なかった。

「空くんは、この前まで可愛らしいジュニア選手だと思っていたら、去年大ブレイクして、リーグ得点王と新人王をかっさらったのよ。ちなみにMVPはヨーヘイ。空くんは、次の世代の日本代表を担うと期待されている。たしかに光瀬くんとは世代がかぶるし、リーグ最大のライバルかも」

得点王で、新人王？

新人王はともかく、得点王はヨーヘイさんに勝ったということだ。

ヨーヘイさんといつも練習をしている一輝にとって、「日本代表クラス」と言われるよりも、ずっとリアリティのある情報だった。

つまり、相手はものすごくうまい。

これを最後に当面、試合から遠ざかると決めている戦いで、そういう選手と相対することができるのは、うれしい。高校最後の試合で輝いた丈助と同じように、よいプレイをしたい。

よし、やるぞ！と奮い立ったものの、正直、指先が震えていた。

一輝はぴしっと両頬を叩いた。

心を奮い立たせたところで、いよいよキックオフだ。

相手方のボールで、こちらは守備から入る。

ボールを持ち上がってくる選手に、一輝は「ボイ！」と言って近付いた。ポジション的に、空のはずだ。目が見えないと、そのあたり、確認に手間取る。

シャシャシャとボールタッチの音が聞こえた。

これは間違いない。うまい選手は、ボールタッチの音だけでも分かる。

一輝の頭の中に、イメージがくっきり浮かび上がった。

さっき声を聞いた時のかんじから、小柄な選手なのは知っている。

ボールに柔らかく細かく触っていくドリブル。

ヨーヘイさんのような疾走するスピード感はないが、緩急の切り替えや、切り返しの鋭さで勝負するタイプだろう。

ボールの音に耳を澄ましながら、一輝は「え？」と声を出した。

このリズムって。

似てる。

「……ジョー？」

一輝が知る限り同世代最高のドリブラーで、一輝をいつも奮い立たせてくれる丈助。

今は、ちょっと先を走っていて、一輝はサッカー選手としても受験生としても背中を追いかけている。そんな丈助がいきなり、一輝のイメージの中にあらわれた。

あっけに取られて棒立ちになった。

するりと抜かれ、シュートまで持ち込まれた。

我ながら、あっさりやられすぎだ！

「熊ちゃんナイス！」と誰かが言ったのは、ベテランの熊谷さんがボールを外に蹴り出したからだ。助かった！

「その程度なの？」とかすれた声が近くから聞こえた。

「まだまだ、これから」

「ライバルかどうかは、おれが自分で決めるから」

「お互いさまだ」

一輝は思わず言い返した。よく分かった。こいつ、むかつく！

闘争心に火がついた。

「ミッチーを使って！」とヨーヘイさんが指示した。

ドンとボールが壁に当たる音がして、一輝はすぐに壁際に寄せた。ここは、一輝にとって死守すべき場だ。壁際の仕事人になる！

まさにそこにあるはずのボールに足を出したが、空振りした。

ジャラッとボールをコントロールする音がすぐ隣から聞こえた。

あいつだ！　反応、速すぎ！

それでも、ボールの位置が分かったわけだから、一輝は体を入れて阻もうとした。

すると、一輝が体を預ける力を利用して、逆にするりと位置を入れ替えられた。そして、そのままボールを持っていかれた。

この切れ味はなんだ！

ヨーヘイさんとふだん練習している一輝は、トップ選手のスピードを分かっているつもりだった。でも、これはちょっと違うタイプだ。

「右、寄せろ、寄せろ！」と指示が飛ぶ。

そんなの分かってる！　でも追い付けない。

結局、一輝はするりするりとかわされ続けた。せめて攻撃は形を作りたいが、「ナイペン」の守りは堅い。

「やっぱり、その程度か。ブラサカ、なめてんだろ」

「なめてねえよ！」

一輝は肩で息をしながら言い返した。

でも、我ながら説得力がなかった。レベルが違いすぎだ。これだけのプレイをしても、相手は息も乱さず、クールなままだ。

自分は勘違いをしていたかもしれない、と一輝は思った。

ブラサカを始めてから、チームのみんなはよくしてくれる。いい人ばかりだ。

壁際の競りあいは、体の強さがものを言うからと、そこだけは負けないようにがんばってきたし、成果も出ていると思っていた。

でも、このレベルでは歯が立たない。まったく、相手にもされない。

最後の試合でこれかよ……。一輝は両手でもう一度、頬をパーンと叩いた。

もう、よいプレイをしようとか、得点を取ってやろうとか、思わない。

いきなりうまくなるなんて無理なのだから、ひたすらボールを追う。最初から最後まで、ハードワークしてやる！

「ヨーヘイさん、おれ、ボールがあるところに全部行きます！」と宣言した。

「え、ミッチー、どういう意味？」

「対人じゃなくて、ボールを追ってとことん走ります。やらせてください！」

「……本気？」

「本気です！」

「わかった。その意欲を買った！　じゃあ、できるところまでやってみて！　フィールドの前半分は全部行くつもりで。『ボイ』の声を忘れずに！」

そして、ヨーヘイさんはみんなに呼びかけた。

「ミッチーがとにかく前線からボールを追うから、フォーメーションとか無視！　熊さん、ジンくん、カバーよろしく！　そして、ミッチーはボールを持ったらシュートまで行こう！」

ヨーヘイさんは楽しそうだ。

セオリー無視の作戦だけど、それなりに勝算ありと考えてくれたのだろうか。だとしたら、言い出しっぺの一輝は、ひたすら走り続ける！

ボールの音がしたらとにかくそっちへ。ドリブルには体を寄せて、ルーズボールは激しく奪いに行く。とにかく、1歩でも早くボールの元へ！

「ボイ！　ボイ！」

大きな声で言いながら体を寄せていくと、聞こえてきたのは慎重にボールを運ぶ着実で重厚な足さばき。ドリブルにそれほどの切れはないけれど、体が当たるとずしっと重くて、うわっと思った。一輝がなんとか踏ん張ってボールを取ろうとしても、びくともしない。

そうこうするうちに、サイドフェンスに当てるパスを出された。なるほど、壁に当てれば空が拾ってくれるという信頼があるんだ！

さいわいこのパスは、熊さんかジンさんがうまくカバーしてくれて、失点には至らなかった。

後で知ったのだが、この時、当たった体の強い選手は、護国寺3兄弟の長兄、陸さんだった。陸さんは、リーグ屈指のディフェンダーだ。あの重厚な当たりは、一輝にとってこれまで未体験のものだった。

次のプレイでは、一輝がボールを持つことができた。ヨーヘイさんが、「シュートまで行こう！」と言ってくれていたから、一輝は思う存分ドリブルで突っかけた。

「ボイ！」と近付いてくるディフェンダーの前で、くるっと回転して、大きく切り返す。フィールドの左右を大きく使って、相手のマークがずれるのを待つ。

でも、「ボイ！　ボイ！」という声がどこまでもついてきた。相当、耳がよい。

そこで、一輝は、切り返しのリズムを一段と鋭くして、本気で抜きにかかった。

「ボイ」ともう一度声がして、ボールがジャッと大きな音を立てた。

一輝の足元から見事にボールをかすめられた瞬間だった。そして、また壁を使ったパス。空が拾いシュートまで持ち込んだ。キーパーがうまく取ってくれた。

ボール奪取がうまいこの選手は、護国寺3兄弟の次兄、海さんだと後で知った。

結局、このチームは、陸さんと海さんが守備でボールを奪い、運び、空に渡してゴールするスタイルなのだ。壁を使ったパスは、よく使う手なのだろう。空がボールをコントロールしてくれるという信頼があって、こういう連携ができている。

よし、だんだん分かってきた、と一輝は思う。頭の中に思い描く相手の選手の特徴が、かなりクリアになってきた。

もっとも、だからといって、一輝がすぐに対応できるかというのはまた別の話で、その後も、陸さんに何度も弾き飛ばされ、海さんにはボールを奪われ、空のドリブルには翻弄された。

それでも、一輝は宣言した通り、ひたすらボールを追った。

何度かは、いい形でボールを持てた。

ボールを持ったらシュートまで行く。シュートは、ドカンと爆発するような強烈なやつを打ちたい。ずっと憧れていたプロ選手は、遠目からでも火の玉みたいなシュートを打つ人だ。そういうのをブラサカでも打ちたい。

きょう一番、納得のいく形で足を振り抜いて、ジャストミートのシュートを放った。

決まれ!

一輝の希望とは裏腹に、ドスッという低くくぐもった音をさせて、ボールは近くで止まった。

「ううっ」とうめく声が聞こえた。

相手のディフェンダーの腹に当たったのだった。

そのまま相手ボールになって、シャカシャカとドリブルの音。

ドンと壁を使ったパス。

滑らかで聞きほれるような高速ドリブルの音が続き、ドンとシュートの音、そして、ホイッスル。わーっと歓声が上がった。

ブラサカでは歓声を上げていいのは、プレイが切れた時だけだ。つまり、ホイッスルの後の大歓声は、ゴールが決まったことを意味する。

「すみません、おれのシュートミスから点を獲られました！」と一輝は言ったが、ヨーヘイさんは「ドンマイ、ドンマイ」と明るく返した。

「今のいいシュートだったでしょ。あの音はジャストミートだった。そのままどんどん続けよう！　そして、これからはぼくも前からボール追いかけるから！」

ずっと一輝の背後で、カバーのために走ってくれていたヨーヘイさんが積極的に攻撃参加するという。

一輝は同じように前線でボールを追い回し、陸さんのがっしりした体にも物怖じせずに当たっていった。でも、そう簡単には取れない。

すると、近くに詰めていたヨーヘイさんが「ボイ」と言いながら近付いてきた。

そして、するりとボール奪取に成功した。さすが！

「ヨーヘイ、フリー！　まっすぐ、こっちよ！」

ゴール裏でガイドをしているユリアさんの声の方に向かって、シュートを放つ。

ホイッスルの後、一瞬しーんとした状態から、大歓声。

同点だ。ヨーヘイさんのスーパープレイのおかげで追い付いた！

そのまま試合は膠着状態になり、引き分けに終わった。

一輝は、最後まで走り続けて、ヘトヘトだった。立っているのもしんどくて、ピッチに座り込んだ。自分の至らなさを痛感しつつも、今、できることはやりきったとも思った。

「ね、うちのミッチーおもしろいでしょ！」とヨーヘイさんが、相手チームの誰かに話しかけていた。

まだ「すごい」とは、とうてい言ってもらえない。「おもしろい」は、褒め言葉なのか、微妙だ。

「おまえ、やっぱり、ブラサカをなめてるんだろ」とかすれた声がした。

空だった。

座り込んだ一輝に近付いてきて、見下ろすみたいな位置関係でそう言った。

「は？　どういう意味？」

「結局、逃げてるよな。負け犬かよ」

「逃げてないし！」

たしかに、空との1対1の対決よりも、ボールを全部追い回すことに決めたから、直接のやり取りは少なくなった。

　でも、断じて逃げたわけではない。一輝は、やれることを全部やりつくしたかっただけだ。

「だから、逃げてないし！」

　一輝はくり返した。

　返事のかわりに聞こえてきたのは、遠ざかる足音だ。

　まったく、むかつくやつだ。でも、実力は認めざるを得なかった。

　ちょうどユリアさんが、「光瀬くん、行くよ！」と呼びに来てくれて、一輝はロッカールームへと向かった。

　試合後のミーティングで、一輝はみんなに言わなければならないことを、初めてはっきり口にした。

「きょうは、勝手なプレイをさせてもらって、なのに勝てなくてすみませんでした。でも、受験が終わるまでもう試合にも練習にも出られません。必ず帰ってきて、活躍できるようになりますので、待っていてください」

「そうだと思ってたよ。がんばれミッチー。きょうは、思いきりプレイできたようでよかった」

とヨーヘイさん。

「まあ、そうやろ。受験なのにこっちゃっとる方がおかしい。がんばりや！」とナツオさん。

みんなすぐに理解してくれて、応援してくれた。

これでいい、と思った。ここでひとつ、きちんと「選択」したのだから。

でも、やはり、なぜかすっきりしなかった。

空の一言がトゲのように胸に刺さっていた。

ライバルと認めてもらえないのは仕方ないにしても、なぜ「ブラサカをなめている」とか「逃げている」とまで言われなければならないのか。

当面、対戦できないのだから、言われっぱなしで気分がよくない！

一輝は、すっきりしないまま帰りのバスに乗った。

## 一輝のもやもや

大学病院はいつも混んでいて、廊下を歩くのにも気を使う。眼科が入っている階がたまたま婦人科と同じで、妊娠中の女性も多い。一輝はいつもよりずっと慎重に歩くようにしている。

その日、一輝は、午後の授業を休んで、定期検診にやってきた。

昨年末、視力が落ちるのを食い止めるために入院したものの、結局、治療に効果がなかったと分かって、退院した。

その後、積極的な治療はしておらず、定期的に状態を診てもらうだけになった。前回の受診の時には、受験用の診断書を書いてもらった。

主治医の和田《わだ》先生は、テキパキとして歯ぎれよくしゃべる、女性のお医者さんだ。

「ブラインドサッカー、がんばってるみたいだね。体も引きしまって、また大きくなった？」

「でも、受験のためにいったんお休みです」

「まあ何カ月かのしんぼうだね」

病院では、毎回、左右の視力や視野を詳しく検査する。いろんな機器を使って、かなり時間をかけてしっかりと調べてもらった後で、また先生のところに戻った。

「左目の見え方だけど、自分としてはどう？」

「明るいか暗いかは分かるけど、かなりもわーっとしてます」

「右目は見えてるみたいだけど、視野は？　学校の授業で、板書はついていけてる？」

「大型タブレットで使う拡大アプリが結構使えてます。視覚支援学校の情報技術の先生が教えてくれて、いろいろ調節できるので助かってます」

「へぇ、技術は日進月歩だね。アプリの名前教えて。別の患者さんにも役立つかもしれない」

そんな会話を交わして、最後に和田先生はこんなふうに言った。

「じゃ、次の検査は受験が終わった後で。国公立の一般入試を受けるなら、３カ月後かな？サッカーできなくてもやもやするかもしれないけど、がんばれ！」

「はい！　ありがとうございます！」

明るくあいさつしつつ、「もやもや」という言葉が耳に残った。一輝はたしかに、すでにもやもやしているのだ。

週末の試合について、一輝はまったく満足できていない。

「ライバル」に一方的にやられて、いいところがなかった。相手を失望させたのもはっきり分かった。投げかけられたとげとげしい言葉が、胸に突き刺さったままだ。

「先生……いいですか?」と一輝は聞いた。

ちょっと疑問がある。

「最近、対戦したチームに、3兄弟がいたんです。みんな10代で突然視力が落ちたと聞きました。それって……」

「ああ、自分と同じ病気かもしれないということ? 診断せずにいい加減なこと言えないけど、可能性はあるよ」

「やっぱり」

「あくまで、推測だからね」

男兄弟3人で、3人ともというのは、「遺伝が関係していて、男性の方が発症しやすい」という一輝と同じ病気なのではと考えたのだ。

もしもそうなら、3人とも、自分と結構似た経験をしてブラサカにたどりついたのかなあと思う。「ブラサカ、なめてんのか」と言われたことも、別の意味をもっているような気がしてきた。

そもそも同じような境遇なんだし、圧倒的な力量の差を言いわけになんてできない。

病院を出ると、もう空は暗くなっていた。白杖をカチカチやって駅に戻り、ホームで電車を待った。

一輝の見え方は、左目の方はぼやーっとしている。右の方はそれよりも見えているが、視野の真ん中に「中心暗点」、つまり見えにくい部分があるのが厄介だ。

だから一人で電車を待つ時、前が明るくなったらドアが開いたのだと解釈するようになっていた。もちろん、実際には白杖で確かめてから乗るわけだが。

でも、この日はしくじった。

ぼーっとほかのことを考えていて、うっかり白杖で確かめず1歩前に足を出してから、「えっ」となった。

踏み出した足の先が、ホームの端にかかっていた。前が明るくなったのは、ドアではなく車輌の連結部だったのだ。

まずい！　もう体重をかけてしまっているので、体勢を戻せない。

落ちる……！

〈高校生、列車事故で……〉とネットニュースの記事が拡散される様子が、頭の中でスパークするみたいに見えた。

なぜか昔のことが次々と頭に浮かんだ。

子どもの頃に連れていってもらった公園でボールを蹴った時。初めて行ったプロの試合は、天皇杯の決勝で、子どもながらに興奮したこと。丈助と会った中学校のサッカー部。視力が落ち始めた頃に春名と会って、ずいぶん助けられたこと。そして、ブラインドサッカーとの出会い。ナツオさんや、ヨーヘイさんや、ユリアさん……。

何これ、走馬灯ってやつ？　人生の終わりに、懐かしい思い出が一瞬にしてフラッシュバックするという、あれ。

さらに、「おまえ、ブラサカなめてんのか」という空の声まで聞こえてきた。

これは、懐かしいというか、生々しい。こんな状況で思い出すのは、最低最悪だ。

さらに体勢を崩した一輝は、もうこのままホームから転落するしかないことを悟った。

「危ない！」と男の人の声がした。

一輝は肩を強い力で引かれ、なんとかその場に踏みとどまった。本当は尻もちを付きそうな勢いだったが、さすがにふだんから鍛えているので、足場さえあれば踏ん張りがきく。

「すみません、ありがとうございました！」

あわててお礼を言った後、歯がガチガチ鳴った。

本当に危なかった。転落なんて洒落にもならない。鉄道のホームからの転落は、視覚障がい者の死亡事故の中でもすごくよく耳にする定番だ。ホームドアがない駅では、本当に気を付けなければならない。

今度は慎重に白杖を使い、列車の中に入った。

扉の脇の「三角地帯」にうまく逃げ込んで、やっと一息ついた。

とにかく何かをして気をまぎらわしたくて、スマホを取り出した。指が震えていた。

そうだ音楽を聞こう。顔を近付けて操作したところに声が飛んできた。

「なんだ、見えてんのか」

「え?」と一輝は顔を上げた。

「見えるんだったら、ちゃんと前見ろよな」

「すみません……」

きっとさっきホームで助けてくれた人だ。

白杖を持っている人は、みんなまったく見えていないと思っているのだろう。

そうじゃない!と力説したいが、それ以上は返せなかった。

その人は、一輝の比較的近くで、ぶつぶつ続けている。

「まったく、最近の若いもんは……なめてんのかね……おれなんて定年まで勤め上げても、年金もらえるか分かったもんじゃないってのに……」

「なめてません！」

一輝は思わず口に出して言ってしまった。

ざわざわしていた周囲の声が消えて、電車が走る雑音だけが響いた。

ピリピリと緊張した空気の中で、一輝は居心地が悪くなった。ちょうど、一輝の目的の駅にたどりついたので、あたふたと降車した。ちゃんと白杖を使って、今度は慎重に。

でも、足元がおぼつかない。何かふわふわとした雲の上を歩いているかのようだ。

何を信じていいのか分からなくなる。

自分としては、ひたすらあがいているのに、それをなめているとか言われたら、本当にどうすればいいのだろう。

もやもやした気持ちがさらに大きく膨らんでいった。

# ミュージシャン

「光瀬？　おい、どうした、光瀬」

背後から呼びかけられて、一輝は我に返った。

「おう。野田か。どうした、こんなところで」

「どうしたって……おまえこそ、なんでぼーっと立ってる。どきっとしたぞ」

そこまで言われて、一輝は自分がターミナル駅の駅前広場にぼんやり突っ立っていることに気付いた。

足元がふわふわする感覚が増して、とうとう歩けなくなってしまったのだが、これじゃ通行の邪魔だ。野田がさりげなく誘導してくれて、なんとか人混みから抜け出した。

野田は大学受験せずに家業の工場に就職するため、この時期になっても余裕があって、一輝の面倒も見てくれる。印西先生が教えてくれたアプリを設定してくれたり、家の工場でタブレット用の架台を作ってきてくれたり、本当に助かっていた。

「で、どうした?」と野田が聞いた。

「いや、考え事してた」

「受験のことか?」

「まあ、それも含めて、いろいろあった」

ブラサカの試合での「ライバル」とのやり取りや、車内での一件は、それぞれ別々のことだから、説明しようにも難しい。本当に、もやもやしてて、ふわふわしている。だから、「いろいろ」としか言えない。

「それ、分かるな。なんかあるとおれもここに来て、ぼーっとするんだ。子どもの頃、この広場って、結構、未来っぽく見えなかった? 懸垂式モノレールがあるだろ。これ、吊り下がって逆さまになって走ってるみたいで、未来の乗り物はこうなのかと思ってた。あの線路の先はどこにつながっているんだろうって、人混みの中で見ているとなんか感じるものがあるんだよな」

野田はかなり自分に引き寄せた、アーティストっぽい分かり方をしたみたいだった。

「で、最近、気付いたんだが、モノレールって、一本道、って意味だろ。ところが、未来ってさ、実は、一本道じゃなくて、いろいろ枝分かれしてるよな。自分が選んで進んで、後から見たら、道は1本につながって見えるだけで。だから、子どもの頃の自分に会えたら教えてやりたい。未来は懸垂式モノレールではない。自分でハンドルを握って、道を選んで進むもんだって」

なかなかうまいことを言う。自分でハンドルを握って、道を選んで進む、か。

「でも、おれ、そもそも、自分でハンドルを握ってるんだろうか。放っておいても未来は勝手にやってきたし、やってくる気がする」

一輝はぼそっと言った。

悩んでも悩まなくても、ハンドルを握って選んでも選ばなくても、未来はやってくる。そもそも、視神経の病気は、一輝が選んだわけではない。そんな中でがんばっていることが、誰かに「なめている」と思われたとしても、自分なりのベストを尽くすしかない。分かっていても、心削られることが続いている。

「おおっ」と野田がびっくりしたような声を上げた。

「いいね、今度、歌詞に使わせてもらおう。たしかに……過去にしがみつこうにも、今に立ち止まっていたくても、抗えない力で、未来に押し流されていく♪　だよな」

途中から野田は歌のフレーズにしてしまった。さすがミュージシャン。

「お、そろそろ時間だ。行かないと」

「何があるんだ？　予備校ってわけじゃないだろ」

「自動車教習所。クラスメイトが必死にがんばっているのに、おれだけだらけているわけにはいかないから。運転免許は仕事に必要だし、いつかマイクロバスで全国ツアーしたいしな。でも、おれが金髪なだけで教官が厳しくなる。見た目で差別する社会じゃ、ロッカーは苦労するぜ。仮免すら遠いんだぜぃ」とふたたび最後は歌になった。

「そうか、野田も未来に向かって苦労してるんだな」

「お、一輝、笑ったな。いいぞ、ここは笑うとこだ」

そうか、そんなにしょんぼりしていたのかと、自分でも気が付いた。

顔に笑顔を浮かべると、自然と気持ちも上がってくる。一人、鬱々としていちゃだめだと思う。本当に、ここで野田に会えてよかった。

「じゃあな」と言ってから、野田が立ち止まった。

「そういえば、きょうの午後、丈助が会いに来てた。一輝がいなくて残念がって、佐藤と話し込んでたぞ。連絡してやれよ！」

丈助がわざわざうちのクラスに？

なんの用だろう。進路が決まってからすごく忙しそうで、まともに話していない。

まずはスマホを確認したら、メッセージがたくさん来ていた。

1件目は丈助で、2件目からたぶん10件くらい続けて春名だった。最後のメッセージは、こんなふう。

〈光瀬、どこほっつき歩いてるの！　早く帰ってきなさい！　待ちくたびれた！〉

一輝は混乱した。

春名と何か約束をしていただろうか。まったく思い出せない。

〈悪かった。今からバスに乗る〉

とりあえず返信したら、今度は上機嫌なレスが戻ってきた。

〈のんびりしてると夕飯なくなるよ！　光瀬のお母さんの料理最高！〉

ええっと思わず声を出した。春名のやつ、いったい何をしてるんだ。

あわててほかのメッセージを確認する。

イヤホンをして、受信済みのテキストを倍速や4倍速で読み上げてもらう機能を使った。この方が、目で追うよりもすばやく理解できる。一輝の耳は、最初は倍速くらいまでしかついていけなかったけれど、最近は4倍速までオーケイになってきた。慣れた人だと10倍速も当たり前だから、本当に速い。印西先生から聞いた、目で見るより速くプログラムを聞く全盲のプログラマは、またレベルが違うかもしれないが。

とにかくすばやく聞いたおかげで、バスが来る頃にはなんとか事情が呑み込めてきた。

まず、丈助が一輝にどうしてもきょうのうちに話したいことがあり、学校で会えなかったものだから、家まで来た。

そして、予備校が休みだった春名は、丈助についてきた。

今、二人は一輝を待ちながら夕食を食べている、という流れだ。

〈ごちそうさま！　じゃあ、部屋で待ってるね！　待ちながら勉強するから机使わせてもらうよ！〉

今度は一輝の部屋に上がり込んだようだ。丈助と二人で撮影した自撮り画像まで添付してくる。

あわわ、と一輝は焦る。丈助はともかく、春名まで部屋に入れるなんて。いつも母さんは「汗くさい！」と文句を言っているくせに！

早く帰ろうにも、バスは渋滞の中だ。

# スペイン留学

「意外と片付いてるんだね、光瀬の部屋って」と春名が言う。

「前はもっと散らかってた」と丈助。

「視力が落ちてから、整理整頓せざるを得なくなった。いったん見失ったら、探すのに苦労するから」

本当に、部屋はきちんときれいにしておかないと、洒落にならないくらい探すのに時間がかかる。

「そういえば、ナツ兄の部屋もきれいだ！」と春名が納得した。

それでも、一輝はひどく落ちつかない気分だった。異性の春名が、丈助と一緒とはいえ、夜、自分の部屋にいる。ふだん、母さんは部屋が汗くさいとか言うけれど、換気はしてくれたんだろうか。

「それで、結局どうしたんだ、ジョー。どうせ明日になれば会えたのに、そんなにおれが恋しくなったか？」

一輝は、わざと茶化す調子で言った。

「そうそう」と春名も相槌を打ち、部屋の雰囲気はなごんだ。

ただし、丈助を除いて。

「明日じゃ、ダメなんだ」

丈助が唇を噛む表情が、ぼんやりと分かった。

「何をそんなに急いでるんだ？」

「おれ、明日から学校に行かないから」

「ええっ？」

春名と一輝が同時に反応した。

「おまえ……学校やめるとか言い出さないよな？」と一輝。

「いったい、どうしたの？」と春名。

あれ？と思う。

春名も知らなかったのか。

「なんで、そんな大事なことを言ってくれないわけ？　光瀬に言うまでは秘密って、ひどくない?」

「ごめん、ハル。実はサッカーのことなんだ。部活のみんなにはもう言ったけど、イッキにだけ伝えるチャンスがなかったから……」

丈助が申し訳なさそうな声を出し、春名は大げさにため息をついた。

「いいよ、光瀬も帰ってきたんだし、言いなよ」

「うん、おれ……」

丈助はごくりと唾を飲み込んだ。

そして、すーっと腕を上げて、天井を指した。一輝にも、それくらいの大きな動きは判別できる。

「今でも、一輝は好き、だよな」と丈助は聞いた。

そこには、一輝が憧れる日本人サッカー選手のポスターが貼ってある。スペインリーグで活躍する若手だ。でも、最近、視力が悪くなりすぎて、正直言って、見えない。

それでも、いや、見えないからこそ、一輝の中に、その選手の力強いプレイが焼き付いている。

「もちろん」と一輝は答えた。

「降矢虎太《ふるやこた》選手は、最高のストライカーだと信じてる」

フルヤコタ。

久しぶりにその名を口に出して、ふいに胸に痛みを覚えた。

なぜだろう。

昔、一輝と丈助は、いつもスペインリーグの話をしていた。でも、一輝の視力が落ち始めてから、自然と話題が変わってしまい、憧れの選手の名を呼ぶこともなくなった。今でも、あのパワフルなプレイは一輝のお手本だが、軽々しく名前を呼べないように感じていた。

理由は……。

分かっている。昔は、いつかそうなりたい将来の夢として憧れていたのに、今はそれが無理だからだ。これから一輝がどれだけ努力しても、今、降矢選手がいるところにはたどりつけない。海外のトップリーグで活躍するようなサッカー選手に、一輝はなれないのだ。

「降矢選手は、すごいストライカーだ」と丈助が言った。

「え?」と一輝は聞き返した。

「あれ、ジョーは、別の選手が好きなんじゃなかったっけ。なんだっけ、日本人だけど、スペイン人の名前のゴン……」

「青砥《あおと》ゴンザレス琢馬《たくま》選手。最高のドリブラーだ。おれの憧れだ。でも、イッキが好きな降矢虎太選手もすごいストライカーだ」

いつも、どっちがすごいか言い争ってきたので、調子が狂う。

でも、ここは反論するところではない。この話題を突き詰めていったら、一輝は胸がもっとしくしく痛みそうだ。

「それで、どうした、ジョー。話が回りくどいぞ。早く言いたいことを言えよ」

言い方が少しきつかったかもしれない。自分に余裕がなさすぎだ。

「ああ、ごめん」と丈助は言ってから、ふっと一息ついた。

そして、いったん下ろしていた腕をもう一度上げて、天井のポスターをまた指した。

「それで……おれも降矢選手と同じあのユニフォームを着ることにした」

一瞬、しーんと場が静まった。

「え？　どういうこと？」と春名。

「まさか、スカウト……されたのか」と一輝。

「そうじゃない」

じゃあ、なんなんだ。ますます意味が分からない。

「サッカー留学する。３カ月だけの短期だけど、大学の推薦が決まったら行こうと準備してた。

それが実現しそうで、明日からばたばたする」

一輝は息を呑んだ。

「おまえ、すごいな……」

「だって、こっちでサッカー部に出続けたら、下級生が煙たがるだろう」

「いや、すごいよ」

丈助が語ったところによると、スペインのプロチームの育成組織に外国人の中学生や高校生を「短期留学生」として受け入れてくれるところがあるそうだ。父親の学生時代の親友が今、スペイン在住で、その家に居候しながら、現地チームの練習に通う考えらしい。

以前なら、最初に一輝に相談し、ことあるごとに意見を求めていた丈助が、今では自分で決めて自分で道を切りひらく。野田に言わせるなら「自分でハンドルを握っている」。立派な試合ぶりを見て、とっくに分かっていたことだ。

それにしても、スペインリーグ、おまけに降矢虎太選手のチームだなんて！　想像しただけでドキドキする。

「3カ月だからほんの体験入学みたいなものだけど、実力を認められれば、育成組織の同年代のチームに交じって練習できるって」

「ひょっとするとプロの選手とも会えるかもしれないいな」

一輝までだんだん興奮してきて、胸が熱くなった。

頭の中では、降矢選手の強烈なシュートの様子が何度も再生された。

そして、あらためて気付いた。ブラサカをする時ですら、理想のシュートモーションのイメージはまさにこれだ。降矢選手がスペインリーグにデビューした時、途中出場で雨の中放ったロングシュートは、本当に強烈で周囲の度肝を抜いた。負け試合をひっくり返すきっかけになったこともあって、今では伝説扱いされている。

結局、一輝と丈助は、どっちのお気に入りが強いか、みたいな話で、久しぶりに盛り上がった。青砥選手のデビュー戦での「7人抜き」と降矢選手の「雨の中のロングシュート」のどっちを評価するかというのは、永遠に決着が付かない論争だ。春名のことを置いてけぼりにして話してしまった感があるが、どのみちもう遅い時間だから長々と続けるわけにもいかず、ほんの10分くらいでお開きになった。

玄関まで二人を送っていく時、一輝はほっとした。実は、盛り上がりながらも、どこかでもやもやした気持ちが成長し、心を覆いそうになっていた。

丈助の決断を心から祝福している。本当にすごい。きっと、うまくなって帰ってくるし、強くなって帰ってくる。確信がある。

じゃあ、自分はどうだろう。まだ先のことが何も分からないまま、地に足がついていない。

「絶対、あっちから連絡くれよ」

玄関先で一輝は丈助の手を取り、ぶんぶん振り回すみたいに握手した。

大げさな動作で、もやもやした感覚を吹き飛ばしたかった。

3カ月なんてすぐだと思いながら、丈助がもう手の届かないところに行ってしまいそうな気がした。

「ジョーが帰ってくる頃には、こっちも進路が決まっているはず。あたしたちもがんばろう！」

春名が言って、一輝に近付いてきた。

「また、ジョーに先に行かれたね。ほんと、がんばるしかないよね」

「ああ、本当だな」

春名はちょっとは一輝の気持ちを分かってくれる。すごく応援しているのに、やはり焦ってしまうのは、春名も一緒なのだ。

「それから――」

春名が言葉を区切り、ちょっと背伸びして、一輝の耳元に顔を近付けた。

「今度、ちょっと光瀬に頼みたいことがあるんだ」

「えっ……何」

「うーん、今は内緒だけど、近いうちにね」

「ハル、受験生なんだろ。そろそろ帰らないと一輝の家にも迷惑だ」

丈助が突如として分別の付いたことを言い、春名は「じゃあ、また明日」と一輝から離れた。

## 夢の中

朝、目が覚めたら、体が重かった。

熱をはかると、37度をちょっとこえるくらいだった。

「きっと疲れているのね」と母さんは言った。

「うん、たぶん」

一輝はうなずき、学校を休むことにした。

大した発熱でもないのに、ベッドから起き上がれなかった。

2学期になってから、走り続けてきた気がする。

先延ばしにしていた進路をやっと真剣に考え、センター試験を受けることに決めた。自分にできることはがんばったつもりだ。まずは、ネットで調べたし、ちょっとでも興味があるところは、電話して直接聞いた。

これは大滝先生の助言だ。受験の制度は本当によく変わるので、ウェブで見ても、願書を取り寄せても、よく分からなければ直接聞け、と。

一方、高校時代のサッカーにも一区切り付けた。丈助の高校時代最後の試合を見届けた後で、一輝自身もブラサカを受験の間、封印することにした。あとはセンター試験まで、ひたすらがんばるまでだ。成績によって、受験できそうな大学は違ってくるので、まずここを突破しなければならない。

もう12月になって、やることは単純なはずなのに、焦る気持ちばかりが空回りしている。

普通高校に通い続けたのって正解だったのかなあと、ぼーっとした頭で考えた。

丈助たちと一緒に部活を続けられたのはよかった。でも、ふだんの授業についていくにもかなり苦労した。視覚支援学校の印西先生は、「もう3年生というのでなければ、うちに転校を勧めたところですよ」と言っていた。

丈助なら「それでもイッキがいてよかった」と言ってくれるだろう。その丈助も、先にスポーツ推薦で大学を決めて、短期サッカー留学でスペインに行ってしまう。一輝は正直、うらやましかった。なぜ自分も一緒じゃないんだろうか、と。

薬のせいでうとうとしながら、一輝は変に現実感のある夢を見た。

まだ視力が落ちていない頃のようだ。1学年全員の席があるとても広い教室の真ん中に座っている。大勢の話し声が聞こえるざわざわした雰囲気の中、一輝は一人きりだった。

時々、思い立ったように席から立ち上がる人たちがいる。自分たちの机と椅子を持ち上げて教室の外へと運んでいく。一輝の近くで大きな声で談笑していたグループも、何の前触れもなく話すのをやめ、何かを悟ったかのようにうなずきあって、無言のまま退出していった。机も椅子も同時になくなるわけだから、教室はどんどん寒々しくなった。

クラクションの音がした。

室内なのに、自動車が大音響の音楽を鳴らしながら乗り込んできた。中から出てきたのは、金髪男子の野田だ。

「免許取れたから、これから世界一周ツアーに行ってくるぜぃ！」

歌うみたいに言いながら、野田も自分の机と椅子を持ち上げて、車の後部に押し込んだ。

そして、「じゃあな」と走り去った。

「せっかく大学生になったんだから、おれはのんびりやるよ。テニスサークルに入って、彼女作って、一緒にアニメ三昧だ。じゃあな」

アニメ好きの佐倉が言った。

すでに机と椅子を持ち上げて、後ろ姿しか見えなかった。

「わたしは、数学の道を歩いていく」

「ぼくは、医者になるためにここを旅立つよ」

2年生の時のクラスメイト酒々井《しすい》と松戸《まつど》の声だった。二人とも、目的意識をしっかりもっているすごいやつらだ。今はクラスが違うけれど、廊下ではよく話しかけてくれる。

いつの間にか、教室は一輝だけになっていた。

暗くて寒かった。自分も行かなきゃと思いながら、足が床に張り付いたみたいに動かなかった。

目が覚めた後なら、夢の中の出来事にいくらだってツッコミができた。

たとえば、夢の中の野田に「自動車で世界一周ってどんだけ冒険野郎なんだよ」とか、佐倉に「受験前なのに、脳内彼女作ってるんじゃねえ」とか。

でも、いくらツッコミを入れたって、自分自身がじわじわと焦る気持ちが変わるわけじゃない。結局またうとうとすると、同じような不安な夢をくり返し見てしまうのだ。

次の日も熱は引かず、起きられなかった。

その次の日は、さすがに発熱は治まったけれど、それでも部屋から出る気になれなかった。

「大丈夫なの？」と母さんが聞いてくるのを、一輝は「うーん」とか「ああ」とか曖昧な返事で受け流した。

自分でも大丈夫なのかどうか、分からなかった。受験勉強しなきゃと思いつつも、結局ベッドに横になり、夢とうつつの間を行き来するばかりだった。

熱もないし、もう体は大丈夫だ。

それなのに、何もやる気がしない。文字通り、ごろごろしている。

母さんは心配そうだけど、はれものに触るみたいなかんじで、「しっかりしなさい」とか「受験でしょう」とか言わない。言われたら、きっと逆ギレしてしまうかもしれないから、ありがたい。

もう風邪薬も必要なくなって、眠るだけ眠って、いくら横になっていても目が冴えて仕方がない。

天井を見上げて、以前なら見えていたポスターを久しぶりに意識した。丈助はもう出発してスペインについただろうか。あの国の明るく情熱的なサッカーを丈助も身につけて帰ってくるのだろうか。

結局、丈助の留学話を聞いてから、一輝はまったく前に進んでいない。それどころか、ただゴロゴロしているだけなのだ。それを考えると、どよーんと沈んでしまう。ますます立ち上がれなくなる。

一応、勉強を再開したけれど、昼夜逆転して、朝起きられなくなった。学校に行くのは果てしなく面倒だった。

いっそ、受験までずっと家にいようか、と思った。勉強するだけなら、登下校の時間は無駄だし、こうやって一人きりでこもっていた方がいいじゃないか。

でも……勉強が手につかない。結局、1日の大半を浅い眠りの中で過ごしてしまう。起きている時間も、ネットでいろいろ検索したりして時間をつぶしてしまいがちだった。せめて受験に関係あることということで、大学の情報をあらためて確認したりするうちに、前には見逃していた情報を見つけたりして、その点では有意義だったかもしれない。

でも、やはり眠気には勝てず、四六時中うとうとしていた。

「光瀬！」と声がした。

さーっと目の前に淡い光が射した。まるで雲の切れ間から太陽が顔を出したかのように。

「あれ、佐藤……どうした？　楽器でも忘れたのか」

一輝は、夢の中の教室にいるつもりで答えた。何日もこもり続けていると、夢と現実の境目が曖昧になる。

「楽器じゃないよ。このリュック、予備校のテキストとノートだよ。きょう遅くまで自習室にいるつもりだから」

「え……」

　夢ではない。ここは現実で、一輝の部屋だ。

「佐藤、なんで……」

「だって、週末だよ。光瀬が学校休んでたから、気になって来てみたけど、もう熱はないんでしょ。だったら、ブラサカの練習をのぞいて気分転換しない？　光瀬のお母さんも、叩き起こしてくれって」

　春名は一輝の部屋のドアのところに立っている。外の光が眩しかった。

「メッセージ見てないんだよね？　あたし、前に頼みたいことがあるって言ったけど、あれって、つまり、サンダーボルツの練習にちょっと行ってみたいんだ」

## 胸が高鳴るのは、生きているってことだ

「ユリアさん、来てるよね」

サンダーボルツ・サイドBの練習場のフットサルコートに入ったところで、春名が確認した。

「大丈夫。たいてい来てる」と一輝は請けあった。

前から春名が一輝に言っていた「頼みたいこと」が、「ブラサカの練習に連れていくこと」だと知った時には驚いた。

わざわざ受験前にやることではないはずだが、実は理由があった。

「ユリアさんにはこれまでに何度か会っていて、格好いい女性だなあと思っていたんだけど、ちゃんとあいさつしていなくて。最近、あたしが目指している医療福祉系の大学の出身者だと知って、ますます話してみたくなったんだよね」

たしか、ユリアさんは、大学で理学療法士の資格を取って、病院に勤めていると聞いていた。

シフト勤務がしっかりしているのと、病院側もパラスポーツ、つまり、パラリンピックに採用さ

れるような障がい者スポーツへの理解があるために、ユリアさんはサイドBの活動が続けられているそうだ。これはずいぶん前に聞いたことだ。

ユリアさんの出身大学が、春名の志望校のひとつなら、たしかに話を聞いてみたいだろう。それなら、一輝よりも、いとこのナツオさんに頼めば早かったのではと思ったが、連れ出してもらったことで、一輝にとってもたしかに気分転換になってよかった。

「光瀬くん、久しぶり。どうしたの？　きょうはデート？」

練習場のクラブハウスで、ユリアさんはいきなり茶化した。

一輝は顔がかーっと熱くなった。

「あたし、佐藤夏生のいとこの春名です。前にもちょっとガイドやらしてもらったことがあります」

「ああ、あの時の！　もちろん覚えてるわよ。よく通る声のいとこさんって、話題になったし」

「ありがとうございます！　きょうは見学させてください」

「練習ではなくて、地域イベントの体験会の日だけど、それでもいい？」

「あ、それなら、午前中手伝わせてください！　午後から予備校なので」

トントン拍子で話が進んで、一輝も自然と手伝うことになっていた。

「あれー、その声、春名？　びっくりした。何しとんの？」

ナツオさんの声がした。

「うん、ナツ兄、ちょっとね！　光瀬と一緒にイベントの手伝いさせてもらうよ」

「え、なんで、光瀬くんもおるん？　今シーズンはもう離脱したはずやろ。ていうか、春名も、光瀬くんも、受験生やん」

「いいから、いいから。ね、光瀬！」

「ああ、はい」と一輝はうなずいた。と同時に、ひじで軽く脇腹を小突かれた。

「おれ、受験で行き詰まってて、気分転換した方がいいとみんなに言われて。そう言われても、サッカーしか思い付かないし」

「そうそう、あたしも、行き詰まってて……」

何か口裏をあわせるみたいな雰囲気になった。もちろん、一輝にかんしては、だいたいは嘘ではない。

「なんや、しゃあないな。じゃあ、悪いけど、ユリアは春名の面倒見たってくれる？　春名、勝手なことして、足引っ張らんようにな」

「あー、ナツ兄、それは失礼だぞ。あたしは、ユリアさんの指示に従って、ちゃんとやりますって」

「まあ、それで、光瀬くんは、ぼくとヨーヘイと一緒に、実演班になってもらお。実は、今、えらい人手不足で、助かるわ。ジンくんは大学のゼミで海外の学会に行ってポスター発表するっていうし、熊さんは練習で捻挫して、しばらく来られへん」

「ええ、そうなんですか！　大変じゃないすか。守備の二枚看板が……」

ちょうどイベントを準備する時間になって、話題はおしまいになった。

一輝はコートに出て、ヨーヘイさんやナツオさんと一緒に小学生の相手をすることになった。午前の部には、視覚支援学校に行っている小学生、つまり、ナツオさんのところの子どもたちも交じっているそうだ。

「じゃあ、みんな、まずは準備体操！　それから、この人工芝の上を走ってみようか！　ここに危険なものはないから、思いきり走っていいんだよ！」

ヨーヘイさんが明るい声で話しかけ、子どもたちの甲高い歓声が響いた。

「ほんま、うちの児童や生徒には、全力で走ったことがない子、多いんよ。全盲はもちろん、ロービジョンでも、走るのは怖いから、こういうスポーツという枠の中で体動かしてもらいたいんよね。それで、そう考えたら、世界中に全力で走ったことない視覚障がいの子ってどれだけおるんやろとか思うわけや。みんなに走ってもらお、思ったらどうすればええやろか、って」

ナツオさんは熱っぽく語った。ふだんは「がはは」と豪快に笑い、冗談ばかり言っている人だけど、実はいろんなことを考えている。学校の先生として、教育熱心だし、面倒見がいいし、さらにその先の志もある。

みんなでウォームアップをすませたら、小さな班に分かれて指導することになった。一輝は、地元の普通小学校の子たちに実演してみせる役になった。ボランティアでよく来てくれるスタッフと組んで、アイマスクをしてドリブルしてみせたり、シュートしたりするのをまず最初に見せた。みんな、最初は「わーっ」と驚いて、興味津々になり、自分でやってみる段になると「難しい!」とか言いながらも、集中して取り組んだ。子どもの適応力はすごい。スポーツ少年団でサッカーをしているという何人かの子たちは、ちょっと慣れると、すぐに滑らかなドリブルをするようになった。

これだけで終わらせるのはもったいなかったので、希望者をつのって、練習試合とはいかなくても、試合の真似みたいなことをすることにした。

まずはスタッフにボールを鳴らしてもらい、一輝がボールの音のする方へと近付きながら、「ボイ!」と声を出すのを実演した。

これってスペイン語の「行くぞ！」なんだよと解説したら、一輝はつい丈助のことを思い出した。スペインにいる丈助は、試合の中で「ボイ！」とか言うことはあるのだろうか。普通のサッカーでも、相手のマークに行く時など「行くぞ」とか声をかけあうことはあるだろう。

丈助からスペイン留学の話を聞いて以来、こういうことを考えるたびに胸がチクリと痛んだ。でも、今、この瞬間はまったくそんなことはなく、ただ遠くにいる親友のことを思い出すだけだった。

一輝は、自分の足元にボールがありさえすれば、人をうらやんだりしない。

「さあ、ぼくがゆっくりドリブルするから、一人ずつ順番に取りにおいで！　ボイって必ず言うんだよ！」

試合の真似とはいっても、初めて目隠ししてボールを触る子には、せいぜいこれくらいまでだ。

そういえば、一輝と丈助は、初めて参加した練習で、いきなり試合形式の中に放り込まれた。今から考えるとかなり無茶だったけれど、あれは、ヨーヘイさんが「試合してみないと楽しさも分からないっしょ！」と主張して、一輝になんとかブラサカの魅力を分からせようとしたからだと後で知った。実際、一輝はその後、思惑通り、ブラサカの魅力にはまるわけだが。

「ボイ！　ボイ！」と近付いてくる子どもたちに、ボールの音をさせて場所を分からせ、なんとか奪取してもらった形にして、きょうの体験会の午前の部は終了。それほど動いていないけれど、うっすら汗をかいた。やっぱりサッカーはいいなあと思う。

ナツオさんが、隣のコートで大声を出して子どもたちと話している。「どうや、楽しかったか。がははは」と相変わらず陽気だ。

一輝は同じコートの半面で別の子たちに教えていたヨーヘイさんと一緒に、近くのベンチに座った。1年以上前、一輝がブラサカの体験会に初めて迷い込んだ時に座ったベンチだった。

「リーグ戦はどうなんですか。熊さんとジンさんのこと聞きました」

「大変だよ！　なんとか勝ちを拾っていって、来週ナイト・エンペラーズとの2度目の直接対決が最終戦なんだ。まさに頂上対決。勝った方が優勝だね」

「わあ！　それは本当に大変だ」

主力選手を欠いて、最大のライバルチームと決戦とは、本当にキツい。前回の直接対決では、一輝が活躍することはできず、引き分けに終わった。あの時、勝てていれば、もう優勝が決まっていたのかもしれないから、申しわけない気がしてならない。でも、今さら仕方ない。

「そういえば護国寺兄弟から、次の試合、ミッチーは出るのか聞かれた。空くんがやっぱり意識してるんだろうね。同世代だもの！」

「え、そうなんすか」

護国寺空との初対戦では、まるっきり相手にならず、失望させてしまった。なのに意識されていると言われてもぴんと来ない。それでもわざわざ聞いてきたということは、やはりそういうことなのだろうか。

ふいに心臓がどくんどくんと高鳴った。体が熱くなった。

あれ、なんだろう。

こういう高ぶったかんじは、このところなかった。特に、熱を出して学校を休んでからは自分の体が自分のものではないようなかんじで、いつもちぐはぐだった。

「あ、ヨーヘイさん、お弁当、持ってきました！」と声がした。

春名だった。事務方の仕事を手伝っているらしい。

「光瀬の分もあるよ！」と言って、春名もベンチに座った。

「あ、ナツさんのいとこさんね。前に、ガイドやってくれたことがあるよね」

「はい！　あの時は楽しかったです！　ところでなんですが、ちょっと聞いていいですか？」

「うん、いいよ」

「ありがとうございます。それで、ヨーヘイさんって、ユリアさんとどんな関係なんですか」

一輝は口にしていたペットボトルの水を噴いた。

いきなり、何を言い出すかと思えば！

「えー、それどういう質問？」

「だって、すごく仲がいいですよね」

「ただの幼なじみだよ。小学校のサッカーチームからずっと一緒だからね。ユリアは、小学生の時は選手だったんだよ。同じチームでやってたんだ」

「そんなに長いこと一緒にいて、恋愛に発展したりしませんか？」

「無理、無理！　だって、ユリアって、昔から年上好きなんだよね。同世代は相手にしてないよ」

「わあ、そうなんですね」

いったいどういう会話だ！

二人が盛り上がるのを聞きつつ、一輝はさっきとは別の意味で胸がドキドキした。

そして、ふと分かった気がした。

こうやって、胸がどくんどくんと高鳴るのは、生きているってことだ。自分の体と心がちゃんとつながっているからだ。

先週、調子が悪くなった時には、心と体が引き裂かれたみたいなかんじだった。

一輝はサッカーがしたかった。きょう、体を動かして確信したし、たまたまチームに助けが必要なことも、「ライバル」が出場を望んでくれていることも知った。

春名とヨーヘイさんの会話がとぎれたところで、一輝は息を吸い込んだ。

「ヨーヘイさん！　次の試合、出させてください」

「えー、何言ってるの、ミッチー」

ヨーヘイさんが、ほとんど裏返るみたいなびっくりした声を出して、その場でぴょんと立ち上がった。

# 春名のもくろみ

「きっと、おれ、役に立ちます。守備、がんばりますから！」と一輝は言う。

「でもさ、ミッチー、受験が終わるまでブラサカは封印するって決めたんだよね」

「それでも、やる意味があるかなって。特にディフェンスは人材不足なんすよね？」

サンダーボルツ・サイドBは、守備の要、熊さん、ジンさんを欠いたまま、次戦の「頂上対決」に挑む。サッカーをしたくて仕方がない一輝にとって、優勝がかかった一戦に出られるというのは、とても魅力的なことだった。

「いや、そういうのも含めて、封印なわけでしょ！」

ヨーヘイさんに突っ込まれた。

「それはそうですけど……だって、優勝したいじゃないですか！」

「気持ちは分かる。でも、ミッチーは欲張りすぎだよ。受験第一でしょ。護国寺のとこの空だって、もう推薦で決まったからやってるわけで」

「ええ！　そうなんですか」

たしかに空は同い年だから受験生だ。余裕でブラサカのリーグ戦に参加しているのは、とっくに進路が決まっていたからなのか。

「じゃあ、ヨーヘイさん、正直に言います。実は、受験に関係あるかもしれないんです。絶対に優勝しましょう。それで、おれの推薦状、書いてください」

それは、このところまた受験情報をネットで探している間に見つけた情報が関係している。

ブラサカでがんばっていることをアピールしてＡＯ入試に出願する方法がある、と進路指導の印西先生が前に言っていた。そのためには日本代表で活躍する人に推薦状をもらえ、とも。でも、どうやってＡＯ入試を戦略に取り込んだらいいのか、一輝は今ひとつぴんと来ていなかった。

というのも、ＡＯ入試にはとても早くから準備が必要で、一輝がそのことを言われた時には、願書の期限がぎりぎりだったからだ。だからこの考えを一輝は早々に選択肢からはずした。

でも、よくよく見ると、センター試験の後の時期に「後期ＡＯ入試」を行う大学がある。そして、志望校の中でも最初から気になっていたみらい科学技術大学がまさにその枠を持っていた。それを発見した時には、頭がぼーっとしていたのだが、ここに来てすーっと道筋が見えた。

ブラサカの成果をアピールポイントにして、出願すればいい。きっと印西先生はこの「後期」

のＡＯを念頭に置いていたに違いない。もちろん、狭き門には違いないから、一般入試の準備をきちんとやっておくのは前提だが。

「え、推薦状？　なんか照れるなあ」

ヨーヘイさんが、謎のシャイさを発揮し、どこかうれしそうな声を上げた。

「どないしたん？　賑やかやな」とナツオさんの声も聞こえた。

「ヨーヘイに推薦状？　やめとき。こいつの文章、読めたもんやないで」

「じゃあ、ナツさん、書いてよ。ぼくは署名だけするからさ」

「それはあかん。推薦というのは、もっと厳粛なもんや。ぼくにできるのは、せいぜい添削くらいやな。というわけで、ヨーヘイくん、がんばって作文するように。それを、ぼくがこってり指導したろ」

「うわー、困った！　ユリアー、助けて」

ヨーヘイさんは大声で呼んだけど、返事はなかった。

「ああ、ユリアは、さっき近くで春名と話しとったで。たぶんもうクラブハウスに行ったんちゃうかな」

そういえば、いつの間にか春名がいなくなっている。さっき、ヨーヘイさんに「ユリアさんとの関係は?」などと聞いた後、どこかの時点で席を立ったのだろう。

「まあ、光瀬くんが来てくれるのは、すごい助かるのは間違いないわ。優勝していい気分で受験してもらわな。がははは」とナツオさんが大声で笑った。

帰り道、春名と一緒にバス停まで歩いた。

「きょうはいろいろ収穫があったよ」と春名は言った。

「大学のこと聞けたのか?」

「ん? 大学って?」

「だって、ユリアさん、志望校の先輩なんだろ?」

「ああ、それはそうなんだけど、きょう聞いたのは別のこと。幼なじみは恋愛の対象になるのか、とか。いわゆる恋バナ的なやつだよ」

一輝は噴きそうになったが、ぎりぎり踏みとどまった。

春名がある種の人生相談をしようとしていたのは間違いないとしても、「幼なじみとの恋愛」ってどういうことだ? たしかに春名にも幼なじみである丈助がいて……それで恋バナ? 一輝の心臓はどくんどくんどくん跳びはねた。

なぜ、こんな時期に!と思う。

いち早く大学を決めた丈助と違い、春名はまだこれから受験する身分だ。わざわざ、ユリアさんに会いに来て、幼なじみとの恋について話すというのは、一輝には想像も付かないことだった。そして、春名が、丈助のことをそんなふうに大切に思っているのなら……一輝はやっぱり胸がかき乱される。

「ナツ兄ってね、もう三十代なわけ。なのに浮いた話ひとつなくて、結婚しないのかって親類に言われてて……」

また、話が飛んだ。ナツオさんがどうしたっていうのか。

「前からナツ兄は、ユリアさんのこと褒めているんだよね。でも、ユリアさんって、傍目にもヨーヘイさんと仲がいいし。でも、きょう分かった。ユリアさんとヨーヘイさんは、特になんでもない。ユリアさんも、今は彼氏とかいない。だから光瀬、協力して」

「え……」と一輝は後ずさった。

「協力って、何を……」

「つまり、二人をくっ付ける。少なくとも、ユリアさんにナツ兄を男性として見てもらう」

「ええっ」と一輝はさらに後ずさった。

そういう話だったのか！　ちょっとほっとした部分もあるけれど……。

「それ、受験生がやることじゃないだろ」

「だけど、終わってから準備したんじゃ遅いんだよ。聞いてない？　ナツ兄、次の春には、海外に赴任するんだよ」

そんなの何も聞いてない！と一輝は心の中で叫んだ。

「とにかく、気にかけておいて。受験勉強が第一だけど、気晴らしに策を練る。そういう方向で！」

春名がさわやかすぎる口調で言った時に、駅に向かうバスが来た。

春名が予備校に行くために乗るやつだ。一輝は別系統に乗って自宅に戻る。

それにしても、頭の中がぐちゃぐちゃだ。

家に帰った後、とりあえず30分ほど公園でボールを蹴って、心を鎮めた。

うっすらと汗をかき、心地よく疲労して、夕食の後には久々に集中して受験勉強できた。

そういう意味では、間違いなくよい気分転換にはなったし、これまでもやっとしていた受験方針も、かなり定まってきたように思えた。

ちょっとは前に進んでいる。一輝はそう思うことにした。

# 頂上決戦？

印西先生からスマホに電話がかかってきたのは、土曜日、試合会場についた直後だった。

「やあ、昨晩のメールを読んだよ。一般入試だけでなく、やっぱり後期ＡＯ入試にも出願することにしたわけだね。日本代表選手に推薦状を書いてもらえるのはいいね」

「ありがとうございます」と一輝は返した。

ヨーヘイさんに推薦状を書いてもらって、みらい科学技術大学の情報技術科をＡＯで受験する。それを昨晩、印西先生にメールで報告したら、きょうになって電話が来たのだった。

「実際、あそこの情報技術科はカリキュラムもいいし、おすすめできるよ。ぼくもずっと教材の開発なんかを一緒にやってきたし」

そう言われると心強い。そもそも一輝は印西先生の影響で情報技術を勉強したいと思うようになった。

「正直、自信はそんなにないですけど、興味があるし、魔法使いになりたいし。それも、魔法を作る側の魔法使いに。だから挑戦してみようと思います」

「うん、いいですよ。そうやって、人は魔法使いになっていくのです」

「でも、おれなんかが、ＡＯで選ばれるというのも、なんか難しいと思うので、とにかくセンター試験の準備はがんばります。情報学科がある大学の難易度、視覚障がい者受け入れについての条件なんかも調べてリストを作りました。センターが終わったら、それを見て決めようと思っています」

これは、一輝が熱を出してからしばらく家にいた時の成果のひとつだ。勉強は進まなかったけれど、こういうのだけははかどった。

「すばらしいです。ところで、いよいよ決勝戦なんですね。まわりがざわざわしてますね」

印西先生はなぜかしみじみした声で言った。

「はい、もう会場にいます。今、ついたばかりです。リーグ戦なんで、決勝戦じゃあないですけど、まあ事実上の決勝戦ですね」

「ブラインドサッカーはいいなあ。ぼくの夢は、障がいの有無に関係なくみんなが同じ条件でスポーツや娯楽を楽しめる世界を情報技術で実現することだと言いましたよね。ブラサカはよいモデルになるんですよ。あなたが大学に入って、一緒に研究したり技術開発できたりしたらいいですよね！」

印西先生は、ふだんは穏やかだけれど、時々、声を弾ませて情熱がほとばしるような話し方をする。

それは一輝がサッカーに夢中なのと似ているし、また別の誰かにも似ていると前々から思っていた。でも誰なのか、ぱっと思い当たらない。なので、いつもすっきりしない。

電話を切った途端、風の音が聞こえてきた。

一輝がいるのは、ブラサカ関東リーグの強豪ナイト・エンペラーズの本拠地だ。

それが、なんと都会のビルの屋上にあるフットサルコートなのだった。サンダーボルツ・サイドBの選手は、ミニバスに乗ってみんなでやってきた。

それにしてもビルの上というのはまさに頂上対決。いや、屋上対決か。

この試合に勝った方が、今年のブラサカ関東リーグ優勝に決定する。屋上なので風が強いのがちょっと嫌なかんじだったが、ゴムチップがまかれた人工芝の感触はとてもよかった。

「みんな、集合！」と声がかかった。

「ナイペンにあいさつに行くよ！　勝てば関東一、日本選手権でも勝って日本一、それから世界一、銀河一を目指すよ！」

ヨーヘイさんの声だ。

一輝ははっとした。

ああ、そうか!

ずっと分からなかった謎が解けた。

印西先生と似ている誰か、というのは……つまり、ヨーヘイさんだ。

たぶんこれは誰に言っても分かってもらえないと思う。

でも、一輝にとっては、二人は似ている。姿形や雰囲気というより、もっと別の何かが。

とにかく、ヨーヘイさんも、印西先生も、一輝にとって憧れの人であり、身近にいて導いてくれる存在でもある。

そして二人とも、不思議な熱を持っていた。ピョンピョン跳びはねながら「世界一、銀河一!」と言うヨーヘイさんと、「みんなが同じ条件でスポーツや娯楽を楽しめる世界を!」と声を弾ませて言う印西先生。たぶんそういった「熱」が似ているのかもしれない。

「さあ、こっちだよ!」

ヨーヘイさんが大きな声を出した。

一輝にとって、その声はまさに光だ。その先に、もっと熱中できる、やりがいのある何かが待っていると確信できる。

「それじゃあ、ナイペンのみなさん、きょうもよろしくお願いいたします。でも、勝つのはうちだけどね！」とヨーヘイさん。

「そちらは守備陣のレギュラーが欠場だそうですが、うちも兄の陸がいません。会社の出張で、泣く泣くあきらめました。ちょっとバランスが取れたかもしれませんが、それでもうちの方が強すぎて気が引けます」

ナイペンの護国寺海さんの丁寧だけど挑発的な言葉づかい。

ボルツとナイペンの試合では、開始前にお互い憎まれ口を叩くのが伝統になっていると聞いている。

「そういえば、きょうは、受験生のミッチーがわざわざ来てくれた。一味違うプレイを見せてくれると思うから、楽しみにね！」

「弟の空にマークさせますよ。それくらいは予告しておきますから、せいぜい対策を練るとよいですね」

そんな大人げないやり取りが交わされた後で、ウォーミングアップ。

そして、すぐに試合の時間がやってきた。整列をして礼をして、キックオフを待つ。

ふうっと深呼吸。ほんの1カ月あまり離れていただけなのに、試合開始前のこのピリピリした感覚が懐かしい。

「きょうは、負けない」と一輝は小さな声で自分に言い聞かせた。

チームの勝負にも勝つし、空との勝負にも勝つ！　そのためのシミュレーションも頭の中でしてきた。

キックオフの笛が鳴った。

この試合は守備の人に徹する。前の試合では、ボールを追いかけて前線を駆け回りすぎた。それで全体のバランスを崩してしまった感がある。一輝の失敗から何度もピンチを招いた。結果的に同点で終われたのは、ほかの選手たちががんばってカバーしてくれたからだ。

あの試合で分かったことは、やっぱり、ナイト・エンペラーズのエースは空であり、空をきちんと抑えれば失点は防げるということだ。

やはり、攻防の要は、壁際。

壁を使ったパスを取りに行く時にも、ガツガツ当たって、あわよくば奪う。空は何か魔法を使っているのかと思うほど、ボールを足元に収めるのがうまい。でもいったんボールを取られたからといってあきらめない。体を密着させて、好きにドリブルができないように圧力をかけてやる。

ピッとホイッスルが鳴った。

ちょっと激しくやりすぎたか。空を倒してしまった。

「ミッチー、いいよ、いいよ！」

音でプレイを察したヨーへイさんが褒めてくれたのでよしとする。

引き続き、ガツガツ当たる。絶対に好きなようにさせない！というふうに念じて、ひたすらマーク！

そして、何度目かの「壁パス」でとうとうやった！

空よりも先に体をくいっと入れて、そのままマイボールにできた。

ドリブル開始！　きょうはディフェンスに専念ということになっているけど、自分で奪ったボールはシュートまで行くように言われている。

空が「ボイ！」と言いながら近付いてきたが、すぐに引き剥がした。

案の定、守備はうまくない。むしろ、守備の専門家にマークを渡した方がいいという判断なのだろう。

前方から「ボイ！」という声が聞こえてくる。きょうは、護国寺3兄弟の長兄、陸さんがいないからあのずっしりした当たりには悩まされずにすむ。むしろ、怖いのはボール奪取がうまい、次兄の海さんだ。今まさに、すり寄ってきて機会を伺っている。

「ミッチー、ゴールこっちよ！」

声がした。

ゴール裏にいるガイド役のユリアさんだ。いつからか、ユリアさんまで試合の中では一輝のことを「ミッチー」と呼ぶようになった。

一輝は、マークの海さんがボールに寄せてこないうちにいったん切り返し、スペースを作った。

そして、そのままシュートモーションに入った。この距離で打つとは思っていないだろうから、窮屈なフォームではなく、頭の中のイメージ通りにやる。

蹴り足のしなり、よし。

軸足の踏み込み、よし。

インパクトの瞬間、よし。

振り抜いた足のフォロースルー、よし。

ドカン！とミートして、体を捻りながらそのまま押し出すかんじ。

うまくいった！

憧れの選手のミドルシュートのように自分のもてる力をすべてボールに伝えられた！

パーンとすごい音がした。そして、どよどよと観衆の声が漏れた。

「ゴール正面！　でもすごくよかった。またやろー！」

ユリアさんの声で、キーパーがボールを捕球したのだと理解できた。

「うっうっ」とうめくような声が続いて聞こえた。きっとキーパーは変なところに当ててしまったのだろう。悪いことをした。

ブラサカのボールは、内側にシャカシャカ鳴る金属の装置をセットしてあるせいか、同じサイズのフットサルボールより重い。強烈なシュートを受けて、たまたま装置の部分が当たってしまうと、悶絶する。

すぐにキーパーからのリスタート。

また壁に当ててくる。今度は、空にすんなり取られてしまった。

「ボイ！」と言いながら、一輝は追いかける。

やっぱりいいなあ、とふいに思った。

空のドリブルのリズムは、一輝の頭の中では滑らかな軌道をたどる光のように見える。こんな美しいボール運びができるなんて！

自然と口元から笑みが漏れた。こういう相手と対戦していけばきっと自分もうまくなる。強くなる。

ブラサカのピッチの上は、一輝の居場所だ。ここでボールを追う限り、地に足をつけていられる。走り続けられる。

「ボイ!」と言って、体を寄せる。

鋭い切り返しで置いていかれ、それでも必死についていく。

頭の中に光が満ち溢れて、一輝はどんどん楽しくなっていった。

# 丈助と空

耳に当てたスマホからは、背景のざわざわした雰囲気が伝わってくる。自動車のクラクション。大声で冗談を言いあって笑っている人たち。それが日本語でも英語でもなく、スペイン語だというのは、通話の先にいるのが丈助なのだから間違いない。それにしても、スペイン語は、時々、日本語と音が似ているのが不思議だ。スマホで遠くの国の街の音を聞けて、話もできるというのは、考えてみたらすごい。つまり、情報技術はすごいということだ。

「それで、イッキは試合に出て収穫があったの？」と丈助は聞いた。

「もちろん。楽しかったし、悔しかった。試合には勝って、勝負にはまた負けた」と一輝は答えた。

ナイト・エンペラーズの本拠地に乗り込んでの「頂上決戦」から何日かたった深夜だ。日本と8時間の時差があるスペインではまだ夕方で、丈助が練習を終えたあたりならお互いに話しやすいことが分かってきた。丈助がまだ日本にいた頃、部活からの帰り道、一輝と丈助はいつもこういうふうに話したものだ。そして、今、丈助はやはり、練習終わりの帰り道に一輝と話している。

この日、主な話題になったのは、まさに先日の「頂上対決」だ。

激しい攻防の末、サンダーボルツ・サイドBは、2対1で勝利を収め、この年のリーグ優勝を決めた。それでも、一輝にはとうてい自分が勝てたとは思えなかった。マークした護国寺空の技術は異次元で、一輝はついていくのがやっとだった。

「でも、優勝なんだろ。イッキは、個人の勝負よりも、優勝することを優先したんじゃないか」

「そんな格好いいもんじゃない。単にそうせざるを得なかったんだ。おれの実力がなかっただけだ」

「じゃあ、次の試合でリベンジ。イッキならできる！」

「ありがとな。でも、次の試合は、ずっと先だ。まず受験をクリアしないと」

「それも、イッキならできる！」

丈助は、もとからこうやって根拠なく励ますやつだったけれど、一輝にしてみれば、自分が認めている相棒なのだから、無条件に信じてもらえるのはうれしかった。

「それより、ジョーはどうなんだ」と一輝は聞いた。

「おまえ、海外生活、初めてなんだろ。慣れない環境で戸惑ったりしてないのか」

「おれは、大丈夫。言葉もがんばってしゃべるようにしてるし、サッカーをやる分にはそこまで言葉は関係ないし。近々、プロの練習を見学できることになってて、それが楽しみだ」

「そうか。ジョー、がんばれよ」

本当に丈助はたくましくなった。もう一輝が心配するよりも、心配してもらうことの方が多くなった気がする。

「おう、イッキもがんばれ。ちょうど寮につくところだから、また連絡する！」

丈助は最初、父親の知りあいの家に泊まらせてもらっていたのだが、途中から寮生活に切り替えた。その方が、現地になじみやすいからだという。本当にたくましくなったと思う。

通話を切った後、一輝はベッドに横になり、今話題にしたばかりの試合のことを考えた。天井のポスターはもう見えないけれど、方向だけはそっちを見上げて、自分のプレイを思い出せる限り思い出した。

やっぱり、勝敗としては勝ちでも、一輝個人は負けだ。

丈助にも本当は見てほしかった。そうすれば「試合には勝っても、勝負には負けた」という意味が、もっとはっきり分かっただろう。実際、空の軽やかで変幻自在なドリブルは、魔法の域に近かった。急なターンや切り返しをする時ですら、滑らかで継ぎ目がない。一輝は、すべすべした絹の手触りをなぜか連想した。

空は、超天才肌のドリブラーで、今の一輝には止められる気がしなかった。

この試合、唯一の失点も、一輝が空のドリブルに翻弄されて、フリーにしてしまったところかられた。それでも、一輝は今やれることはすべて出しきったと思う。本当に出場できてよかった。

　試合後には、丈助には話さなかったちょっとした「事件」が起きた。なぜ話さなかったかというと、自分でもどう考えていいのかまだよく分からないからだ。

　ピッチの真ん中に整列して相手チームとあいさつした後で、自陣の控えスペースに戻ろうとしたら、ふと隣に誰かがいるのを感じた。

「おまえ、どうした」とかすれた、やや高い声。

　試合でマークし続けた護国寺空だった。

「前よりずっと手ごわかった。何か吹っきれたのか」

　わざわざ声をかけに来たのだから、少なくともプレイヤーとして認められたのかもしれない。

　でも、一輝は半信半疑だった。

「1対1の勝負ではおれの負けだ。結局、止められなかったし」

「卑下するな。こっちがみじめになる。試合はおれらが負けたんだ」

空はそう言ってから、一拍置いて、あらたまった声でこう言った。

「ところで、おまえ、どれくらい見えてるんだ」

最初は何を言われているのか分からなかった。

でも、すぐに顔がかーっと熱くなった。

なんで！

本気で言っているのか？

ブラインドサッカーは視力がある人もアイマスクをして条件を同じにすれば、国内では誰もが参加できる。でも、時々、アイマスクの隙間からこっそりと見てズルをする選手がいると聞いたことがある。

あくまで昔話としてだ。一輝が知っている公式戦では、アイマスクの下にぴったりアイパッチを貼って、それを試合前に審判が確認するので、いくらなんでもズルをするなんて無理だ。

なのに、空は、疑っている。一輝が、見えているんじゃないかと言っている！

あまりのことに、一輝は怒ることすらできなかった。

一方で、空はこともなげに続けた。

「まずおれのことを言うと、今では全盲カテゴリーだ。光を感じることはできるが、目の前で手を動かしても分からない」

こいつは何が言いたいんだろう。

「だから？」と一輝はかなり無愛想な声で聞き返した。

「きっと同じ病気だろう。この病気の場合、全盲のカテゴリーか、ロービジョンのカテゴリーか、両方ありえる。どこで安定するか人それぞれだ。その結果で、いろいろなことが違ってくるから聞いている」

あ、と一輝は小さく声を出した。

空は、一輝のことを疑っているわけではなく、むしろ、気にかけて聞いてくれたのだろうか。ズルをしているとか、そういう話ではない。

「おれの場合は――」と一輝は切り出した。

「発症してから1年だが、まだ落ちついた気がしない。現状では、拡大読書器やタブレットを使って、教科書や問題集も読めるけど、これからどうなるかは分からない」

「そうか……」と言って空は黙り込んだ。

そして、少したってからこう付け加えた。

「日本代表を目指すつもりがあるのなら、うちの兄たちに相談しろ。きっと役に立つ」

日本代表という言葉を聞くと、それだけで胸がドキドキする。それだけ強い思い入れがある。でも、今の一輝にとってはあまり現実的ではない話だ。

「今はそれよりも、次に対戦するのを楽しみにしている。次は、ただマークするだけじゃなくて、こっちを徹底マークさせてやる」

「楽しみだな。できたら認めてやるよ」

空は少し口元を緩めたような、笑いを含んだ声を出した。

相変わらずの無愛想な話し方ではあったけれど、一輝はちょっとうれしかった。

しかし後で考えてみると、いったい何が言いたかったのか謎の部分が残っている。

空の二人の兄さんに何を相談しろ、と。いずれにしても、受験には関係ないことだろう。一輝は疑問を棚上げするしかなかった。

## クリスマスと推薦状

サイドBの年内最後の会議はクリスマスの日で、クリスマスパーティーを兼ねていた。受験生の一輝があえて参加したのには、ちゃんと理由があった。

ヨーヘイさんが、AO入試の推薦状を書いたので確認するようにと連絡してきたからだ。本当は本人に見せないで提出するのだが、間違いがあるといけないから、と言われた。

ユリアさんの実家がカフェをやっていて、そこを借りきる。一輝は行ったことがなかったけれど、なんと春名がついてきた。「大学のこと、今度こそユリアさんに聞きたいし」などと言いながら、本当の目的は別にあった。

「ナツ兄も来るから、ユリアさんと二人でじっくり話す状況をうまく作ろうと思うんだ。それで、二人を初詣に誘うから、光瀬も付きあって。どうせ、その時期、あたしたちは神頼みしたい気分だろうしね」

異議は認めずという雰囲気で、一輝は「ああ」と生返事をした。

たしかに、元旦に神頼みは必要かもしれない。そこだけは強く合意だ。

カフェでは、ヨーヘイさんの推薦文を読み上げてもらい、事実関係を確認した。それにしても、とことん褒めてもらっているので、正直、照れた。

「自己推薦文というのもあるんでしょう。それはなんて書くの？」とヨーヘイさんに聞かれた。

「ああ、それなんですけど……実は、もしも最終戦で負けたら、来年こそ関東リーグで優勝するのが目標だって書けたんですけど、優勝しちゃったじゃないですか。じゃあ、次は日本一ですかね？　あまり大きなことは書きたくないんですが」

まわりの人たちが笑った。部屋中にぱあっと光が満ちるような笑いだった。サイドBの中にいると、本当に居心地がいい。これは「チーム」だからだと思う。みんなお互いに認めあっていて、ブラサカで勝っていくという目標も共有しているのだから。

「何を言っているんだよ、ミッチー。ぼくたちにとって日本一は現実的な目標だよ。もっと上を目指そうよ。世界一？　宇宙一？　銀河一？」

「ええっと、日本代表とか、どうでしょう」

一輝ははっきりと声に出して言った。

「日本代表」というのは一輝にとって重みがある言葉で、声が震えた。

実は、先日、ナイト・エンペラーズの空にこのことを聞かれて以来、意識するようになってしまった。大それているのは分かっていても、頭から離れない。

「ブラサカをやる以上、できるだけ上を目指したいんです。どう思いますか？」

ヨーヘイさんは現役の日本代表のエースだし、一輝の今の実力はともかく、今後の伸びしろなどをどう考えているのだろうか。

「うーん、こういうのは、ナツさんにも聞いてもらった方がいいかな。ねぇ、ナツさん！　ミッチーの話を一緒に聞いて。また若者がいろいろ考えてるんだ」

「ほーい、ちょっと待って、今、行く」

部屋の別のサイドから声がした。

同時に一輝の耳元に気配がして、「あーあ」と落胆した声が漏れた。春名だった。

「奥のソファで二人きりで、せっかくいい雰囲気だったのに！」

「ごめん」と一輝は反射的に謝った。

ナツオさんは、すぐにこっちにやってきた。

春名がもう一言だけ耳元で付け加えた。

「でも、許す。怪我の功名かも。ナツ兄、ユリアさんに誘導してもらって、すごくいいかんじのカップルに見える！　こっちでも隣に座った」

もう春名はそっち方面のことしか目に入っていないみたいだ。

「で、どうしたん」とナツオさん。

「ミッチーがね、日本代表になりたいんだって！」

なぜかヨーヘイさんがはしゃいでいた。

「いえ、ＡＯ受験の自己推薦文や面接で、そう言おうかなと思って。でも、言ってもいいものかって心配で」

「ああ、そういうことか。自分は、今、全盲カテゴリーちゃうから、って気にしとる？」

「ええ、まあ。でも、この前、目指す気はあるのかって、人に聞かれたんです。それで思ったんですけど、おれの視力は、まだ安定しているわけじゃないから、たしかにそういうのはありかなあ、と」

「まあ、最近入ったスタッフには知らん人もおるやろから解説しとくと、ブラインドサッカーの公式国際試合は全盲クラスだけなんよ。暗いか明るいか分かる光覚までしか認められへん。今の光瀬くんは、ぎりぎり文字も拾えてるわけで、国際試合には出られへん。つまり日本代表にはなれへん。これればかりは視力が落ちろと願うのも変やしなあ。今みたいに国内のリーグ戦に出る分には、アイマスクをして条件をそろえればええんやけど、光瀬くんの視覚のカテゴリーで考えると、本来はロービジョンフットサルの方やろし」

「そうですよね。でも、おれの視力では、弱視カテゴリーのロービジョンフットサルはもう厳しいです。何か隙間に落ち込んじゃったかんじです」

「実際に、そういう人おるよ。ええっと、誰やったっけな。日本代表クラスの実力がありながら、全盲カテゴリーじゃないから選ばれない選手……ああ、出てこない。ユリア、誰やっけ？」

ナツオさんは、隣に座っているユリアさんに聞いた。さりげなくいいかんじで、たぶん春名は小さくガッツポーズをしたかもしれない。

「ナツさん、記憶大丈夫？　この前、そのこと話したばかりじゃないですか。ナイト・エンペラーズの護国寺3兄弟。上の二人、陸さんと海さんの視力はもう落ちついていて、たぶん全盲カテゴリーになることはない。末の空くんだけが可能性があって、去年から日本代表の練習に出てきたわけでしょ。次の国際試合でデビューするんじゃないかって聞きましたよ。だいたいナツさん、陸さんとはブラサカ同期で、しょっちゅう飲んでるくせに、何その記憶力！」

ナツオさんがははと笑い、みんなも爆笑する中で、一輝は「ああっ」と唸った。

この前の試合の後で、空が言おうとしたことはこれだったのか！

将来的に資格を満たすかどうか分からない「ブラインドサッカー日本代表」を目指すとすれば、どんな心構えをするといいのだろう。それを聞くなら、空の兄である二人、陸さんと海さんがいるということなのだった。

「では、忘年会&クリスマスパーティー、始めましょうか！」とスタッフの声がした。

「あ、光瀬くん、もし、必要やったらつなぐし。言うてな」とナツさんは言った。

それで、一輝の相談はおしまいになった。

# 初詣

頬に当たる風がぴりっと冷たく、除夜の鐘がゴーンと響くごとに空気がびりびり揺れた。

一輝は春名の肩に手を置き、誘導してもらいながら、お寺からほど近い神社の境内を進んでいる。すぐ前には、ユリアさんとナツオさんが同じ方式で歩いているはずだ。クリスマスパーティーの時に約束して、この4人で初詣に来た。

なぜ、鐘の音を神社の境内で聞いているかというと、それは、一輝と春名が受験生だからだ。このあたりの地元の人の行動パターンとしては、お寺で年越しして、神社に初詣に来るのが普通だが、時間に余裕がない。神頼みをしたら、すぐに離脱して受験勉強に戻りたい。それで最初から神社に来て隣のお寺の年越しの鐘を聞くことにした。

「ユリアさんは、どうして、理学療法士になろうと思ったんですか？」

鐘の音の合間に春名が聞いた。時期が時期だけに、自然と受験に関係する話題に引き寄せられる。

「うーん、それは、器用じゃなかったから、かな」

「そうですか？　理学療法士って、手先が器用なんじゃないかと思ってましたけど」

「そうじゃなくて、気持ちのもち方の問題。ほかに、栄養士にも興味があったんだけど、それって、直接、人に接しないですんじゃうことが多いでしょう。たとえば、小学校の時の給食の栄養士さんが誰だったかなんて、わたしたち覚えていないよね。でも、わたしの場合、顔を見てする仕事じゃないとモチベーションが上がらないみたいで、だから、1対1で患者さんに接する方が向いているかなあと思ったんだよね」

「へぇっ」と一輝も春名も感心した。

そういう考え方もあるのか、と。

「たしかに、人の顔を見てする仕事の方がやる気が出る気がしますよね。あたし、保健福祉科か理学療法科かいまだに迷ってますけど、それも考えてみれば、人の顔を見てする仕事かどうかって違いなんですよね」

たしかに、春名がそういう悩みを口にしたことが前にあった。だとすれば、ユリアさんは、春名にとって、似たことをかつて悩んだことがある先輩なのかもしれない。色恋沙汰に首を突っ込まず、もっと早く受験の相談をすればよかったのに！

「それで、結局、わたしは、今の仕事でよかったなあと思ってるよ」とユリアさんは続けた。

「今、この瞬間に、誰のために何をしているのかいつもはっきりしているし、リハビリをやっていって体の機能が回復していく患者さんを見ていると、やっててよかったと思うんだよね。でも、それはちょっと後付けの説明かもしれなくて、もとはといえば、ヨーヘイが怪我で失明した後のリハビリを見てたのも大きいかなあ。歩行訓練して独り歩きするようになって、またサッカーを始めて、昔みたいにみんなを勇気付ける選手になったんだから。医療や福祉ってすごいよなあって感動して」

「ああ、そうですよね！　あたしも、ちょっとそういうの分かるかも。ナツ兄が、中途失明した時、あたしは小さかったから何もできなかったんですけど、結局、また明るいナツ兄が戻ってきたのって、いろんな人に助けられたからなんですよね」

こほんと、ナツさんが咳払いした。でも、二人は話に熱中して気付かないみたいだ。

「うん、そういう時に感じたことって大きいよね。まあ、とにかく、わたしの場合は、まずは直接、人と接する現場の仕事をやってみて正解だった。いずれ後方支援の方にもっと魅力を感じたら、その時に移ればいいと思うし。でも、逆って難しいよ。若くて体力があるうちは、人の顔を見て仕事をするので正解！　でも、もっとリーダー的な立場が向いた人は最初から別の道もある。今はそんなふうに思ってる」

「ほうっ」

ナツオさんは、今度は感心したような声を出した。

二人ともこれには気付いたようで、会話が止まった。

「いや、きみたち、ずいぶんしっかりしたことを言うようになったもんやなあと思って。ぼくは、春名のおむつ替えたことやってあるし、ユリアのことは大学生の時から知っとるけど、ほんま、人というのは成長するもんやなあ」

「ナツ兄！　今、すごく真面目に話してるんだけど！」と春名が抗議の声を上げた。

「いやいや、ごめん。でも、本当、感心しとるんよ。ユリアもあの頃は、まだ、それほど考えも整理されてなかったんちゃう？　本当に資格試験を受けるのか、迷ったりしとったよね。でも、今、充実しとるんやったら、何よりやな。うん、ええと思うよ」

ナツオさんは、決して茶化しているわけではなく、噛みしめるみたいにしみじみと言った。とても優しげな抑揚だった。

「ナツさん、やめてください。恥ずかしいですよ。ヨーヘイもそうだけど、わたしも、まだまだ子どもっぽくて、考えも足りなくて。そういう頃を見られていたっていうのは……」

「じゃあ、言わせてもらえば、ぼくなんかの10代、20代は、もっと恥ずかしいことばかりやって。ほんま、サイドBにその頃のこと知っとる人がおらんでよかったわ」

ナツオさんが、がははと大声で笑うと、ゴーンと大きな鐘の音がかぶさった。そして、それっきり、次の鐘の音が聞こえなくなった。

「そろそろだね」と春名が言った。

「そうみたいだな」と一輝は返した。

この寺では、108回目の鐘は年を越してから打つ。だから、鐘の音がいったん止まると、もうすぐ1年が終わるということだ。

息を殺して待っていると、しばらくしてから、ひときわ大きく強く空気が震えた。

まわりで口々に「あけましておめでとう」という言葉が飛び交った。一輝も、春名とナツオさんとユリアさんと、新年のあいさつを交わした。そして、拝殿に向かう列に並んだ。

「初詣に来ると気持ちがシャキッとしていいですよね」とユリアさん。

「うん、悪うない。新しい挑戦の年やのに、誘ってもらわんかったら、僕は間違いなく家にこもっとった」とナツオさんが言った。

一輝は1年前の自分を思い出した。

あの頃、一輝はまさにどん底だった。2学期後半に視力が落ち始め、サッカー部キャプテンの役割を果たせなくなった。入院して治療しても、薬はまったく効かず、視力はどんどん落ちた。先のことが不安で不安で、年末年始はほとんど自室に引きこもっていた。その後もいろいろあったけれど、ブラサカに出会えたことで、ふたたび前を向くことができた。まわりのみんなが、一輝に声をかけ続けてくれたおかげだ。

やっと順番が来て、鈴を鳴らして二礼した。

手を二回合わせてもう一礼する間に「大学に無事に合格できますように！」と願った。と同時に、頭の中に浮かんできたことがあった。

ブラインドサッカーがうまくなりたい。いずれ日本代表のユニフォームを着る時は来るのだろうか……。

それは、願っても仕方がないし、それが叶う時には、前提として視力がもっと落ちていなければならない。単純に願えるものではないから、複雑だ。

「ひゃあ、寒い寒い」と言いながらナツオさんは歩く。

「ナツさんは、名前の通り、夏は元気だけど、冬は縮こまってますよね」

ユリアさんが茶化した。

「何ゆうてんの、こんな寒い時期に元気な方がおかしいわ」

「アスリートのくせに、じじくさいなあ」

「おっさん選手はこんなもんやろ」

二人が軽口を叩きあうのを聞いて、春名がくすっと笑った。

「ね、悪くない雰囲気だよね」

「ああ、そうだな。悪くない」

「ねえ、ナツ兄」と春名が呼びかけた。

「あたしと光瀬は合格祈願したけど、ナツ兄は何をお願いしたの？」

「ぼくはほら、今年はチャレンジの年やし。前から希望を出しとった国際協力プログラムでアフリカに行って、視覚障がい教育の指導者養成の講師をするやろ。これは国としても初めての試みやから、責任重大なんや。成功させられるようにお願いしといたわ」

「ほんとすごいっすね。尊敬します」と一輝は素直に言った。

ナツオさんは、去年、視力が落ちて途方に暮れる一輝にいろいろ教えてくれた。変な関西弁で楽しげに話しかけたり、ブラサカに誘ってくれたりして、一輝がそれまでもっていた視覚障がい者のイメージを変えた。サッカー部が練習にブラサカを取り入れた時には、最初の何カ月かコーチを引き受けてくれて、本当にお世話になった。

だから一輝の頭の中で、ナツオさんは、困っている人やチャレンジする人を助けてくれる人、だ。でも、今はナツオさん自身が自分の目標に向かって走り出している。

「ナツ兄もそろそろちゃんと一緒に歩いてくれるパートナーを見つけないとね。一人で海外に行って大丈夫なのかって、おばさんが心配してたよ」

おばさんというのは、ナツオさんのお母さんのことだ。

「おい、春名、何ゆうとんの」

ナツオさんはちょっと照れたようなかんじで、がははと笑った。

「そんなことより、ユリアは、どうなん？　何をお願いしたん？」

「ないしょ。言ったら叶わないかもしれないし」

ユリアさんがくすくす笑いながら答えた。

「ああ、ずるいわぁ。ぼくだけ言わせて」

ナツオさんも笑った。

「じゃあ、ナツ兄、ユリアさん、受験生は帰って明日からの勉強に備えるから。ここで解散！」

そう言って春名はずんずん歩き始めた。肩に手を置いていた一輝は引きずられて早歩きになった。

「あとは二人でなるようになってもらって、あたしたちは受験がんばろ！」

「そうだな」と言って、一輝は笑った。

# センター試験

センター試験会場の席は、窓際の明るい場所だった。

視覚障がいがある受験生には、別室が用意されていて、一輝はほかの何人かと一緒に試験を受けることになった。時間の延長と、拡大読書器の使用など、条件が同じ受験生が集められたのだと思う。

外は雪だった。午前中、付き添いの母さんと一緒に余裕をもって家を出たものの、電車が止まっていると分かってあわてた。人が溢れかえった駅のコンコースで途方に暮れていたら、電話がかかってきた。

「一輝！　おまえ困っていないか。架線の断線で電車が動かないってニュースで言ってたぞ」

その声は野田だった。

「見たところ、国道は車が走ってる。おれは試験ないし、うちの営業車出そうか？」

「おまえ、免許取れたのか……」

「苦労したけどなんとか。受験で目の色が変わってる連中に、話す機会がなくてな」

一輝と母さんは国道まで歩いて戻り、野田に拾ってもらって、会場にたどりついた。結局、試験の開始時間が遅らされたので、あのまま駅にいても間にあったのだが、早い時間につけた分、あわてずにすんでよかった。

しかし、いざ試験が始まると、一輝はいきなりあわてた。

これまで何度も自宅でシミュレーションしてきたのに、問題がとても読みにくかった。ちゃんと同じ倍率で拡大しているのに……。

それでも、国語の最初の問題が、サッカーについての文章だと気付き、すーっと気持ちが落ちついた。

ラッキーだ。昔、読んだことがある本だった。著者は、地元Jリーグのチーム、つまり、サイドBではない本家のサンダーボルツの元監督。天皇杯で決勝まで行ったり、初めてJ1に昇格したり、ファンが「第1期黄金時代」と呼んでいる頃を支えた人だ。監督をやめてから書いた本がベストセラーになった。もっとも、一輝は図書館で借りただけだが。

「サッカーはなぜ世界で愛されるのか」というテーマで、「誰でもプレイできるから」と力説していた。「誰でも」というのは、文字通りの意味で「誰でも」だ。つまり、子どもから大人まで、男性も女性も、というのはもちろん、聴覚・視覚障がい、四肢切断、脳性まひなど、さまざまな障がいをもった人たちも、サッカーを楽しみ、サッカーで競いあっている、と。

一輝は「おおっ」と心の中で叫んだ。これを読んだ高校1年生の時には関心がなかったからスルーしてしまったのだろう。でも今からすると、まさに我が意を得たり！という内容だ。問題文だけでテンションが上がった。

もちろん興奮ばかりしていられない。冷静に問題を追い、マークシートの欄を埋めていった。塗りつぶす時に、位置がずれるのは要注意。拡大読書器では、同時に大きな範囲を見られないから、ずれたまま気付かずに続けてしまうことがある。だから常に再確認。

半分くらい進んだところで、ふいに目の奥に痛みを感じた。

見えにくい目を酷使して問題を読み、解き、書き込むのだから、負担が大きい。家での勉強でもすぐに頭がぼーっとしてしまう。そして、本番の緊張は格別だ。

なんとか国語は、全問、答えを書いた。でも、続く英語は、朦朧としてしまい、壊滅的だった。特に、リスニングは、目が見えなくてもハンデにならないので、得点源にしなければならないのに、全然、耳に入ってこなかった。これはまずい。

翌日、試験2日目は、雪はやんだものの、路面が凍結していた。

一輝は不吉なことに会場の前で滑って転んだ。

山場の数学は、いつにも増して計算量が多く、それを手元でやるのはきつかった。こまごまと数列の計算をするところなど、イラッとして声を出しそうになった。

すべてを終えた時、一輝はブラインドサッカーの試合にフル出場するよりもはるかに消耗していた。

テストの結果は……考えたくなかった。もともとすごい得点を取れるとは思っていなかったけれど、考えていた最低ラインにも届いていないだろう。自己採点しなくても分かる。

「おーい、一輝、どうだったあ」と帰り道、駅の近くで、気の抜けた声が聞こえた。

「佐倉か。どうした、死にそうな声で」

一輝の声もやはり死にそうだった。

それにしても、佐倉は何をしているんだろう。時間延長してゆっくり解いた一輝よりもかなり早く試験は終わっているはずなのに。

「あまりに出来が悪くて家に帰りたくなくて、とりあえず漫画喫茶で現実から逃避してた。『スタジアムは宇宙船』の新刊が出ててさ」

「おまえなあ」と言いながら、一輝もマンガが読めるんだったら、漫画喫茶で現実逃避したかった。

「聞いてくれよ。前の席のやつが、この寒いのに半袖でさ。おまけに右隣のやつがフケがすごくて、左隣のやつがずっと鉛筆を回し続けて、おれ、集中できなくて……」

「おいおい、そういうのって気にしたら負けだろう。おれなんて……」

一輝は言いかけてやめた。自分は、そもそも見えないから苦労している。でも、それを言っても仕方ない。

「あー、浪人したくねぇ。テニスサークルが遠くなる……え、一輝、どうした?」

いつの間にか一輝は、立ち止まっていた。

なんだろう。この違和感。試験の緊張のせいだと思っていたのだが、ひょっとすると……。

「いや、佐倉、おまえ、今、前にいるんだよな」

「何言ってんだ。あ、すまない。肩でもひじでも使ってくれ」

「いや、そうじゃなくて」

一輝は手のひらを目に当てては外しをくり返し、目の前にいるはずの佐倉の姿を確認した。

たしかに視界の端に佐倉のマフラーをとらえることができる。でも、見えにくい範囲が広がっている。間違いない。

「視力、また落ちてる……」

自分の声がとても遠くから聞こえた。

## ロールモデル

「本格的なロービジョン訓練を始めてみましょうか」

主治医の和田先生は、穏やかな声で言った。

センター試験の最中にまた視力が落ちたことで、一輝は翌日、母さんと一緒に病院を訪ね、検査をしてもらった。その結果、新たな治療ではなく、見えにくい中で生活していくための訓練を受けるべきという話になった。

「入院訓練ができる病院を紹介できますし、腰を落ちつけてやりたいということなら、入所型の自立支援施設でやっていくのもいいと思います」

一輝はこの1年、歩行訓練を受けたり、視覚支援学校で音声パソコンやタブレットの使い方を学んだりしてきた。でも、それらは場当たり的で、体系的ではなかった。また、一輝の場合、一番見たいど真ん中が見えにくい状態なので、あえて目を上下左右に動かして、まわりの見えるところを使った方が便利な場合がある。そうした見方の訓練というのもあるらしい。

どこかでじっくり時間をかけて取り組むべきなのかもしれない。もっと見えなくなったら、点字とかも必要になるだろうかと真剣に考えた。

とはいえ、問題は受験だ。よりによって、こんな時期にまた視力が落ちるなんて。勉強で目を酷使しすぎたのかなあとふと思った。和田先生はそんなことはないと言っていたけれど、根を詰めると目の奥が痛くなることがよくあった。

病院を出てから、一輝はなるべく明るく話した。以前だったら、どよーんとして、何日もふさぎ込んだかもしれないが、今ではこれで世界が終わるわけじゃないことも知っている。

それでも母さんが落ち込んでいるのがしんどくて、一輝はその足で学校に顔を出した。担任の大滝先生にセンター試験の報告をすることになっていた。

事情を話すと、大滝先生は「よりによって……だなあ」と同情してくれた。

でも、さすがに切り替えが早い。

「結局、面接で合否が決まる後期ＡＯが一番期待できるわけだろう。しっかりと面接対策をしておくべきだな」

「そうですよね。でも、対策って何やればいいんでしょうか」

「定番の質問があるだろう。『志望理由』とか、『高校生活で特にがんばったこと』とか、『入学したらどんなことをしたいか』とか。光瀬の場合、志望理由についてはほかに選択肢が少ないのだから仕方ないにしても、しっかりした目標があるかないかでは大違いだ。直前になったらまた来いよ。シミュレーションしよう」

「ありがとうございます」

一輝は大きくうなずいた。たしかに大滝先生の言う通りだ。ぶっつけ本番の面接よりも、ちゃんと模擬面接をやっておくに限る。

「むしろ、やることがシンプルになったんじゃないか。自分の将来のビジョンをしっかりもてば、自ずと道がひらける」

先生はうまいことを言う。

ああだこうだと選択肢を広げようとがんばった末に、結局、残った方法がこれだけなのだから、どう考えてもネガティヴな状況だ。でも、やることがシンプル、と言えば急にポジティヴに聞こえた。

「先輩の中に、ロールモデル、つまり、背中を追いかけられるような人はいないのか。たとえば、佐藤夏生なんかはどうだ」

「ナツオさんには、本当にお世話になってます。この前、一緒に初詣に行きました。春から海外赴任なんですよね。本当にすごいと思います」

でも、ナツオさんはちょっと違うかなあと一輝は思った。

学校の先生になりたいと思ったことはないし。

じゃあ、誰だろう。帰りの電車の中で、一輝はじっくり考えた。

ブラサカの選手としては、間違いなく、ヨーヘイさんだ。

日本代表のエース栗林陽平は、よくメディアにも出ていて、どんどん有名になっているし、何よりも、ブラサカの実力はワールドクラスだ。いつかヨーヘイさんみたいになりたい。とすると、ヨーヘイさんこそロールモデルだろう。

でも、一輝は自分の今の見え方は全盲ではないため、このままではブラインドサッカー日本代表にはなれないと分かっている。ここ数日でまた視力が落ちたとはいえ、端っこの視野はちゃんとある。

じゃあ、将来の職業面ではどうだろう。印西エドガー先生みたいに、情報技術のプロになって、社会の役に立つような仕事をバリバリできたらすごい。でも、一輝は、自分の力に確信がない。印西先生や、昔の生徒さんで、全盲でプログラマになったという人などと比べると、一輝はそこまでの能力はないと思う。「魔法を作る」側になりたいと願っても、なれないかもしれない。

そう感じてしまったら、その時点で、ロールモデルとは言わないだろう。

こういう時、一輝はまず丈助に聞いてみる。今、スペインにいるけれど、日本の深夜とあっちの夕方はちょうど連絡しやすいことに気付いてからは、わりと気軽にやり取りできるようになった。

一輝は日本時間の昼間のうちにメッセージを打っておいた。

まず、また視力が落ちているという報告と、その上で、〈ジョーって、ロールモデルってい
る？〉と聞いた。

深夜、部屋にいると着信音が鳴った。文字のメッセージではなく、音声の通話だった。

きっと、視力が落ちたというのを聞いて、心配してくれたのだろう。

「忙しいのにありがとな。練習終わりなんだろ？　ちょっとジョーにも聞いてみたいことがあってさ。きょう、大滝先生と話したら――」

「うん、イッキ、あのさ、ちょっとさ、いきなりなんだけどさ」

丈助は何かあわてたかんじで言った。

「おいおい、どうしたんだジョー。大丈夫か？　何か困ったことでもあったか？」

「だから、前にプロの練習を見学するって言ったよね。それでそれで――」

「どうした、落ちつけ」

聞いているだけで、丈助があわてているどころかパニックになっているのが分かった。

「ああ、とにかく替わるから。話して！」

ちょっと間があって、別の人の息づかいが聞こえてきた。ひょっとしたらスペイン人？と身構えたけれど、日本語だった。

「もしもし、フルヤだけど」

「はい？」

頭の中に疑問符が浮かんだ。このぶっきらぼうな話し方は、聞いたことがある……。

「フルヤコタ。きみの親友に、話してほしいと言われた」

「あ、え、本当ですか……フルヤ、選手、ですか……」

一輝は絶句した。

# 自分自身のワールドカップ

降矢虎太。

一輝がずっと憧れていたスペインリーグの若手日本人選手だ。

強靭な体をうまく使って前線でボールを受ける楔役になったり、遠目からもどんどん強烈なシュートを放つプレイスタイルを、一輝はずっとお手本にしてきた。特に、どんな体勢からでもすばらしいボディバランスでくり出すボレーシュートは、憧れを通り越して「夢」とすら言えた。10代からスペインと日本を行き来して、日本のプロと契約する前にスペインでプロになったすごい人だ。

その降矢選手が、今、電話の向こうにいる。あまりに突然で、一輝はあわててしまった。

「は、初めまして！　光瀬一輝です！」

ガチガチになりながら、なんとかあいさつした。一輝の部屋の天井には今でもポスターが貼ってある。視力が落ちたせいで、もうほとんど見えないけれど。

「きみはブラインドサッカー選手なんだろ」と降矢選手は聞いた。

「はい、そうです！」と一輝は答えた。

「がんばれよ。スペインでもブラサカの人気は高くなってる。いつかこっちに来いよ」

「ありがとうございます！」

後で聞いたことだけど、プロの練習を見学した丈助に話しかけてきたのは降矢選手の方からだった。丈助が着ていたウィンドブレーカーに目をとめて、「サンダーボルツ・サイドBの関係者なのか」とたずねてきたそうだ。

降矢選手は、ブラサカ日本代表がスペイン遠征した時、練習に参加するほど、ブラサカ事情に詳しい。それを知っていた丈助は、渡航前にわざわざサンダーボルツ・サイドBのウェアを買って、その日、着ていった。

降矢選手との会話の中で、丈助は「親友の視力が落ちて、ブラサカ選手になって、さらに今、受験生だ」と一輝のことを話題にした。すると、あちらの方から「話せるか」と聞いてきたという。

憧れの選手がスマホの向こう側にいる。一輝は何か質問したいと思いながら、頭が真っ白で、言葉がなかなか出てこなかった。

「降矢選手には、ロールモデルって……いましたか？」

やっと捻り出したのは、その問いだった。

降矢選手はちょっと驚いたふうに一拍置いてから、答えてくれた。

「憧れの選手ならいた。一人は、J2だった頃のサンダーボルツの主力選手で……」

いったん言葉が切れ、すぐに、また続いた。

「いや、憧れの選手を真似ても、同じふうになれるわけじゃない。誰だって自分の未来は、自分のオリジナルだ。なら、道は自分で切りひらくものだろう」

「はい……」

これはどういう意味だろう。一輝はじんわりと言葉が心にしみ込んでくるのを待った。

「去年、怪我をして、いろいろ考えた。サッカー選手だからって、プロを目指して、海外のトップリーグでプレイして、いずれワールドカップに出て、という目標だけでいいのか。おまえには、『自分のワールドカップ』はあるのかって」

「自分のワールドカップ……ですか？」

「ああ、つまり、自分にとっての最高の目標を決めれば、それはワールドカップと同じだろう。そして、やりたいことが定まったら、それができる環境ごと作ればいい」

ぶっきらぼうな話し方だけど、一輝はその中にすごい熱量を感じて圧倒された。

それは、降矢選手のプレイスタイルそのものだ。すごい熱をまき散らしながら、火の玉みたいなシュートを放つ姿に一輝はいつも憧れていた。

「じゃあ、降矢選手自身のワールドカップってなんですか」

「単純だ。すごいシュートを決めたい。それが原点で、目標だ。だから、おれは自分が万全の体勢でシュートを打てる環境を作る。試合の中でも、ふだんの取り組みでも」

その後、日々のトレーニングとか、試合に入る時のメンタルの作り方とかの話になって、さらに、共通の知人であるヨーヘイさんのことを話題にしたりして、結局10分くらい雑談をした。降矢選手は丈助に電話を戻し、少し遠くから「じゃあ、また」と言う声が聞こえた。

一輝は興奮しすぎて、しばらく体の震えが止まらなかった。

「イッキは読んでないと思うけど、サッカー雑誌にインタビューが出てて、降矢選手は去年の怪我で、一時、引退がささやかれるほど追い込まれていたんだって。それから、ヨーヘイさんとは、小学生時代のクラブの指導者が同じだったらしいよ。もちろん、ヨーヘイさんの方が年上だし、チームも違うんだけど――」

丈助の声もやはり興奮していて、一輝は次第に体が熱くなってきた。

ヒントが見えてきた気がする。降矢選手は、「自分のワールドカップ」と言った。一輝が、普通のサッカー・ワールドカップに出る可能性は限りなくゼロだ。1年ちょっと前までは「ゼロではない程度」の可能性はあったかもしれないが、今はゼロと断言できる。

じゃあ、ブラインドサッカーの世界選手権やパラリンピックならどうかというと、それも今のところ怪しい。自分が日本代表になるための条件を満たすようになるのかどうか分からないからだ。

将来の仕事はどうだろう。印西先生が学生の頃と今では、環境がまったく違う。プログラミング言語も、開発環境も、社会で使われている技術のインフラも全部違う。まだ18年しか生きていない自分でも、情報技術がものすごいスピードで進歩しているのは分かっている。一輝が生まれた頃には、スマホもタブレットもまだなかった。印西先生に憧れて、同じようになりたいとしても、まるっきり環境が違っているわけで、一輝が登らなければならないのは、別の山だ。

結局、誰か特定の人をモデルにして、未来を考えるなんてできそうにない。ヨーヘイさんも、印西先生も、もちろん、降矢選手も、一輝に勇気を与えて、鼓舞してくれる。その力を背中に感じたら、一輝は「自分のワールドカップ」を目指すべきだ。

じゃあ、自分オリジナルのワールドカップはどこにあるのだろう。そして、それを実現するためには、何が必要なのだろう。

「やりたいことが定まったら、それができる環境ごと作れ」

降矢選手が言いたいことの核心は、まさにこれだと一輝は理解した。

もやもやしているけれど、何か新しい考えが自分の中に小さな火をともした気がして、丈助との通話を切った後も、一輝はしばらく寝付けなかった。

翌日、一輝は何人かの人たちに連絡を取った。ブラサカの先輩であるヨーヘイさんや、視覚支援学校の印西先生や、就職組で今この時期はヒマだと言っていた野田など。

ちょっとためらったけど「ライバル」の護国寺空の連絡先も教えてもらい、メッセージを送った。

# 面接

「この大学でやりたいことは、どんなことがありますか」

女性の面接官が落ちついた声で聞いた。

窓の外からは明るい陽が差し込んでいる。冬型の気圧配置で、空は澄み渡り、きりっと寒い。身も心も引きしまる。雪だったセンター試験の時とは大違いだ。きっとよい兆しだ。

「はい。たくさんあるのですが——」と一輝はまず答えた。

と同時に、大滝先生、予想通りの質問が来ましたよ、と心の中でつぶやいた。

ＡＯ試験後期の面接を受ける前に、一輝は高校に行って、大滝先生に面接のシミュレーションをしてもらった。「大学での抱負」は一番大事な質問だということで、何度も「手短に要領よく話す」練習をした。おかげで頭の中はすっきり整理されているし、言葉もすらすら出てくる。

「私が大学で達成したいことは、大きく分けてふたつあります。ふたつが合わさってひとつなので、順番に話します。まずひとつ目は——」

一輝は息を整え、目を閉じた。

普通なら失礼かもしれないが、ここはさまざまな見え方の人が来るところだから、とがめられることはない。一輝は、目を閉じることで、応援してくれるたくさんの人たちと一緒だと感じることができた。

「まず、勉強ではないですが、私はブラインドサッカーで日本一になります」

「ほう、大きく出ましたね」と男性の声が言って、笑い声が起こった。興味津々という雰囲気の笑い方だった。

「でも、うちにはブラサカのサークルはなかったと思いますが」と女性の声。

みらい科学技術大学は視覚障がい者が通う大学なので、ブラサカについてわざわざ説明する必要はないから話が早い。

「私たちの代で作ります。ちょっと調べたんですが、在学生にも経験者が何人かいるんです。あと、推薦で入学が決まっている私の友人もいます。ですから学校の選手を中心にクラブを作って、まずは関東リーグに出て、全国制覇します」

「それは楽しみですね」と男性の声。

友人というのは、ナイト・エンペラーズの「ライバル」、護国寺空のことだ。

空は、推薦入試でとっくに入学を決めており、それがまさに同じ大学だった！　話しにくい相手だけれど、どうしても意見を聞きたくて連絡した時に知った。自然と降矢選手と話したことも伝えたら、「おれにも、自分自身のワールドカップがある」と言い出した。

「おれは、次のパラリンピックを目指す。そこでトップを取る。得点王とＭＶＰ両方だ。ブラジルのリカルジーニョだろうが、スペインのガルシアだろうが、みんな倒してナンバーワンになるのが、おれにとってのワールドカップだ」

ちなみに、リカルジーニョやガルシアというのは、ブラサカの世界では超有名なトップ選手だそうだ。去年、ブラジルとスペインのチームが日本に招かれて練習試合をした時、空はこてんぱんにやられて刺激を受けたという。一輝には未体験ゾーンだが、まさに世界の超一流ということだろう。

空はさらに続けた。

「あいつらに勝つとなると……たしかにトレーニングを積むための環境が必要だ。大学では寮に入るから、ナイト・エンペラーズにはもう通える距離じゃない。一番近くのチームはアヴァンセ未来だが、たしかに自分たちのところで作ってもいいんだ」と。

空も熱いやつだと一輝は知った。

もし、一輝が合格して、空と一緒に新しいチームを作れば、前年の関東リーグ優勝チームと準優勝チームの若手が組んだ新チームとして注目されるだろう。ましてや、空は現役の日本代表候補なのだ。よいメンバーを探せるに違いない。

「ブラインドサッカーでの、私の目標はそれだけではありません」

一輝は面接官たちに向かって続けた。

「関東リーグで優勝して、全国制覇もできたら、私自身は在学中に日本代表になり、パラリンピックや世界選手権に出て金メダルを目指します」

選手としてブラサカをやる以上、やはり、日本代表を目指すのは当然のことのように思えた。頭の中に、ブラサカの先輩で日本代表のエース、ヨーヘイさんの顔が思い浮かんだ。

一輝は、ヨーヘイさんの背中を追いかける。クラブチームを作るということは、サンダーボルツ・サイドBやナイト・エンペラーズとも戦うことになるけれど、怯まずに勝ちに行く。そして、みんなに認めてもらい、日本代表としては、ヨーヘイさんや空と同じチームで戦う!

これについて、空のお兄さんの、陸さん、海さんとも話をさせてもらった。

3兄弟は、一輝と同じ病気で、視力がある程度のところで落ちついた陸さんと海さんは、日本代表を目指していたものの、結局はなれなかった。一輝もそうかもしれない。それでも、代表に選ばれるほどうまくなりたいと願っている。

それに対して、陸さんも海さんも「やるだけやればいい」という意見だった。二人とも昔代表を目指して努力したことを、まったく後悔なんてしていないそうだ。

「おれは、あの時のがんばりが、今の仕事につながってる。結構、体力勝負でね」とバリバリの営業マンの陸さんは言っていた。

「実は、ブラインドサッカーのクラブチーム世界選手権ができないかと考えてるんですよ。それだったら、ぼくらも出られるようなルールにできるかもしれませんよね」

大学生の海さんは、就職先として広告代理店に内定しておりパラスポーツにかかわる仕事をしたいと言っていた。

一輝は大いにうなずいた。だって、無駄になるものなんてあるはずない。好きなことを思いきりやろうとしているだけなのだから。

新しいチームを作り、自分自身も日本代表を目指す。それでいい。

この前、練習場の人工芝の上でその考えを伝えると、ヨーヘイさんはまずその場で跳びはねた。

「すごいね、ミッチー！　楽しみだよ！　熱い戦いをしようぜ！　時にライバルとして競いあい、時に頼れる味方として、*We enjoy*！」

歌いながら言う陽気なヨーヘイさんは、一輝にとって道を照らしてくれる太陽だ。

そんなことを思い出して、一輝は面接の中でもつい口元をほころばせた。

「でも、ブラインドサッカーの日本代表になるには、視力の制限があるのではないですか?」と女性の面接官が聞いてきた。

「はい、その通りです。今の私の視力では、ブラサカの世界選手権やパラリンピックには出られません。国際試合は光覚までが条件なので」

本当にここではいちいちゼロから説明せずにすむから助かる。

「でも、視力が下がる可能性がまだあるので、国内で技術を磨きながら様子を見ます。もちろん、視力がこのまま安定した場合は、代表の方はあきらめることになります」

「では、弱視のロービジョンフットサルに転向するということですね」

「いえ、それも違って、私の場合は、ロービジョンフットサルには、ちょっと見えなさすぎるんです。ブラサカとロービジョンフットサルの間に落ち込んじゃった感じで……。なので、その場合――」

一輝はすーっと息を吸い込んだ。

「自分で環境を、舞台を、作ります。これがふたつ目に達成したいことです。そのためには、大学での勉強が欠かせません」

一瞬の間があいた。たぶん、一輝の言うことがよく分からなかったのだろう。

「自分で環境を作るというのは、具体的にどういうことですか」

質問は、穏やかな男性の声だが、どこか驚いているふうでもある。

「情報技術でみんなが楽しめるスポーツを作るのが夢です。高校時代にも、プログラミングの勉強をしながら、いろんな技術を使えば、視覚障がいがあっても、ほかのさまざまな障がいがあっても、一緒に楽しめるスポーツができるんじゃないかと思っていました」

一輝は、センター試験で大失敗をして、降矢選手に電話で激励されてから、一念発起してたくさんの人に会いに行ったわけだけれど、最初に訪ねたのはブラインドサッカー関係者ではなく、実は視覚支援学校の印西先生だった。

印西先生には、視覚障がいで陸上競技をあきらめたお兄さんがいて、「情報技術で誰もが同じ条件で競える環境を作るのが夢」だと前から言っていた。一輝は、それって、降矢選手が言う「環境ごと作る」というのと同じじゃないかと思い当たった。

印西先生は「まさにその通りかもしれません」と相槌を打った。

そして、先生自身が、さまざまな研究機関や企業と一緒に進めているプロジェクトを教えてくれた。だから、一輝は今の最前線の取り組みをかなり知っている。

一輝は、先生の言葉を思い出しつつ、続けた。

「たとえばネットゲームをスポーツとしてとらえて、世界大会まで開いている人たちがいます。最近では、サッカーゲームの大会もあって、それは年齢も、性別も関係なく参加できるものです」

印西先生の言葉だけではぴんと来なかったのだが、後になってアニメやゲームが大好きな佐倉に聞いてみたところ、詳しく教えてくれた。佐倉はセンター試験の結果が振るわなかったのに、この期に及んでもアニメも見ているし、ゲームもやめない。「おれには、アニメもゲームも空気みたいなもんだ。じゃないと、今この時代に生きている意味がない」と清々しいほどのオタク魂だ。

そのことを思い出して、一輝はくすっと笑いながら、面接官に向かって言葉を続けた。

「ビデオゲームは、指先だけでコントロールできるものも多いですし、障がい者競技として適している面があります。特に視覚障がい者と音楽ゲーム、いわゆる音ゲーは相性がよいみたいです。ただ、私はもうちょっと体を動かすことにこだわりたいです。たとえば、これを見ていただけますか？」

一輝は膝の上に置いた手提げ袋の中からゴツゴツした工作物を取り出した。マイコンを内蔵したゴーグルみたいなものだ。

「家が町工場の友人と、一緒に作っている新しいブラサカ用アイマスクです。今のブラインドサッカーって、自分で『ボイ』と言いながら相手に近付くんですけど、あれをもうちょっと自動的にやったり、フルサイズのピッチでも走れるような位置情報を提供するのが目標です。プログラムの開発は私がやっています、と言いたいところですが、こういうものの制御ってやっぱり難しくて、だからこそ、大学で学ばなきゃならないと思っているんです」

町工場の友人というのは、要するに、野田のことだ。一輝が新しい計画を話したら、「ロックを感じる企画なら、いくらでも乗るぜい！」とシャウトしながらオーケイしてくれた。

「おれが、経営者になった時には、これがビジネスになるんじゃないかと思う。楽しいことやって世界を変えられるなら、それに越したことねぇよな」

頼もしいことを言ってくれる。

「というわけで、大学できちんと情報科学を学んで、このような目標を叶えるための基礎を作りたいと——」

いつの間にか面接官の質問がとぎれて、しーんとしてしまったことに気付いた。一輝は、不安になって、言葉を途中で切った。

「あ、いや、すばらしいですね」

「本当、すばらしい」

面接官が口々に言った。

ただ、最初とは違って、戸惑ったかんじがありありと伝わってきた。

あ、なんか滑っちゃったか……と思ったけれど、もうどうしようもない。その後ひとつふたつ質問に答えて、面接はおしまいになった。

「思いが強すぎてもうまくいかないものかもなあ」

家に帰ると、一輝はぼそっと言った。

「きっと大丈夫。私がちゃんと合格を確かめてくるから」

母さんが無理に明るく振る舞うのが逆に面倒で、一輝は早々に部屋にこもった。

とはいっても、落ち込んでいるわけではなかった。「自分自身のワールドカップ」を実現するには、ここで心折れているわけにはいかないのだ。

一般入試だってまだある。センター試験の成績があまりにひどかったので、苦戦するのは間違いないが、可能性がないわけじゃない。AOの合否が分かるのは2日後だが、落ちたものとして勉強する。

一輝は、AOのことは完全に頭からしめ出して、これまで以上に集中した。不安を感じているのは小論文だから、練習あるのみ。小論文など今更練習してどうなると言われるかもしれないけれど、やらざるを得なかった。

明け方までがんばって、昼過ぎまで眠り、また時間の感覚がなくなるくらいがんばって、眠たくなって眠る。こんなに集中したことは、これまでないくらいだった。

その日の昼過ぎ、スマホが鳴った時も、一輝は机に向かっていた。

人が本気でがんばっている時に、いったい誰だ……と面倒くさく思いながら確認すると、母さんからだった。渋々、通話ボタンを押した。

「一輝、おめでとう……母さん、うれしくて……」

初めはなんのことか分からなかった。

なんで、ぐしゃぐしゃの涙声なのだろう。

そして、やっと思い出した。きょうはＡＯ入試の発表日で、母さんは、大学まで見に行ってくれたのだ。

「ああ、そうか……」

言葉にならなかった。

受かっていた……。

受験はおしまいだ。
体の力が抜けて、一輝は椅子の背もたれに深々と体を預けた。

# 光のその先に

3月にしては珍しく温かい雨が降った翌朝、空はきりっと晴れて、輝かしい1日を予感させた。約束通り訪ねてきた春名と一緒に家を出た。

「ありがとな」と一輝は言った。

「え?」

「いつも助けてくれて、本当に感謝してる。最初の頃、こうやって誘導してもらうのって、結構、恥ずかしかったんだよな。でも、おれには誰かの助けが必要だし、今は感謝しかない。いずれちゃんとお返しできればいいんだろうなあって思ってる」

一輝はかなり思いきって、感謝の言葉を口に出した。

最初の頃、恥ずかしかったというのは、もちろん、一人で歩けない自分を受け入れがたかったこともあるけれど、同時に、春名のことを意識してしまっていたからだ。クラスメイトに冷やかされると、見透かされたみたいで顔が熱くなった。春名にしてみれば、一輝は「放っておけない友達」以上ではなかったはずだから、そんな気持ちが漏れ出したら困らせるんじゃないかと怖かった。

でも、結局、いつの間にかそういうことを意識しなくなった。おせっかいをやいてくれる春名がいて、春名のいとこのナツオさんに出会い、そこから、ヨーヘイさんや印西先生にも会った。一輝にとって、「今の自分」は、春名が助けてくれたたくさんのことをきっかけにでき上がったようにも思える。

だから、本当に感謝するしかない。

でも、春名はくすくす笑う。

「光瀬、卒業式だからって、そんなに殊勝なこと言わなくていいんだよ」

「そうかな」

「別に会えなくなるわけじゃないし」

「ああ、そうだな」

春名の声には、いつもまっすぐな力がある。それが、きょうはいつにも増して力強く、輝かしかった。

何しろきょうは卒業式なのだから。一輝も春名も、志望校に合格して、4月からは新しい生活が待っている。

「人のお世話になっているのは誰だって同じ。光瀬はたまたまそれに気付きやすい立場になっただけだよ。ナツ兄の受け売りだけど」

そう言って春名はまた笑った。まさにナツオさんが言いそうなことで、一輝もつられて笑った。

「でもさ、光瀬、聞いてよ！」

なぜか春名が、唇を突き出すみたいなかんじの声を出した。

「ナツ兄ったらひどいんだよ。空港に見送りに行くって言ったら、来なくていいって。それ、ありえなくない？」

「そうか、ナツオさん、きょう出発だもんな。卒業式と重なるから遠慮したんじゃないか。見送りに行ったら、卒業パーティーを途中で抜け出さなきゃならないんだろうし」

「そうだけどさ。いくらユリアさんが見送ってくれるからって、かわいいいとこの好意をむげにしていいわけ？」

一輝は苦笑した。実は、ナツオさんとユリアさんは、春名のもくろみ通り、初詣の後で付きあい始めたそうだ。しかも、近いうちにユリアさんは、ナツオさんを追って海外に行くらしい。

視覚支援学校に合格の報告に行った時、ナツオさんは、がははと笑ってこんなふうに言った。

「なんていうか、光瀬くんと春名の策略に、うまくはまらせてもろたってとこやね。オトナというのは面倒くさいもんで、ああいうきっかけでもないと自分からは動かれへん。まあ、ありがとさん」

一方で、ユリアさんとは、クリスマスパーティーをしたカフェで会った。春名は結局、ユリアさんの出身校の同じ学科に合格して理学療法士を目指すことになったので、先輩のユリアさんに会って報告したいということだったのだが、なぜか一輝も誘われた。ユリアさんの方から「光瀬くんも一緒に」と言ってきたそうだ。

ユリアさんは、まず、一輝と春名にちょっと苦く酸っぱいコーヒーを振る舞ってくれた。きっとそれは、大人の味なのだろうと一輝は思った。

「まずはお礼を言わなくちゃいけないんです」と春名は言った。

「結局、あたしも、ユリアさんと同じように、直接顔を見てする仕事の方が向いていると思ったんです。保健福祉学科にも興味あったけど、あれはどちらかというと、みんなを幸せにするためにどうすればいいか考えるところだから、あたしの適性としては、一人ひとりと向きあえる方がいいなって。それで、そういう経験を積んだら、いずれ、みんなのことを考える仕事をまた目指してもいいかもと思ったんです」

春名は、初詣に一緒に行った時、ユリアさんから進路選択のヒントをもらったのだという。そして、ユリアさんとナツオさんにとっても、同じ初詣が、やはり大きな変化のきっかけになった。

「実はね、わたし、ずいぶん前に、1回、ナツさんに振られているんだよね。その時は、まだ、大学生で、子どもすぎたんだと思う。それで、まあ、いったんはあきらめたんだけど、今はもう何年も社会人をやっているし、それなりに成長したと思ってもらえたんだろうね。回り回ってこういうことになって、まあ、よかったかな、って。ありがとね」

一輝も春名も驚きのあまり、「えーっ」とカフェ中に響く声を出してしまった。

ユリアさんとナツオさんの間には、すでに秘められた物語があって、一輝と春名はその最後のところにちょっとだけ影響を与えたということになる。本当にびっくりした。

そして、春名がお手洗いに立った時に、ユリアさんは一輝にこんなことを言った。

「わたしは、仕事が落ちついたら、ナツさんのところに行くから、サイドBを離れることになる。運営スタッフの方は大丈夫なんだけど、問題は試合の時のガイドを誰がやるか。それで、春名ちゃんをスカウトしたいんだよね。彼女は声量もあるし、声質もすごくいい。1回、ぶっつけ本番の試合でガイドやった時にも、機転がきいたよね。ああいうタイプは向いているから」

本当にいろんなことが絡まりあって前に進んでいる。人と人のつながりが網目のようになっていて、自分もその一部なのだと一輝は自覚した。だから、席に戻った春名をユリアさんが練習に誘った時、「たしかに佐藤の声はいいですよ。まわりに埋もれないし、指示も分かりやすいです」とめいっぱいその気にさせようと褒めておいた。

それはそれとして、きょうは卒業式だ。

ナツオさんの「見送り拒否」についてずっと春名が怒っているのもなんなので、一輝は「まあまあ」となだめながらしばらく歩いた。信号で足を止めたのをきっかけに、話題を変えた。

「そうだ、ジョーから連絡、まだ来てないよな?」

「うん、来ていないね。ジョー、けしからんよね」

春名はぷんぷん怒る対象を、今度は丈助に変えた。

丈助はきのうのうちに帰っているはずなのに、まだ連絡がない。

だから、一輝も春名も、本当に帰ってきているのか心配している。

丈助のサッカー留学はとても充実していたようで、当初の予定の3カ月から延長して、結局、4カ月近くスペインに滞在した。

ビザとか学校の出席のこととかいろいろ大変だったらしいけど、現地のユースチームで練習試合にも出させてもらっていて、できるだけ長くいたい！と思うのは一輝にも理解できた。だから、帰国は卒業式にあわせた本当にぎりぎりの日になった。

「今朝になっても連絡が入っていなかったから、心配になって、飛行機事故とかのニュースがないことを確認しちゃったよ。そういうのは特に何もなかったから、きっと帰ってきてるんだろうけどね」

「疲れてて、家に帰ったらすぐに眠ってしまったんじゃないかな。ジョーは、そういうところあるよ」

「それでも、けしからん。こっちは帰ってくるのを楽しみにしているのに」

そうこうするうちに駅についた。

春名は吹奏楽部の友達に会い、一輝もクラスの男子と会ったので、そこでいったん別れた。

学校につくとすぐに体育館に集合し、卒業式が始まる。

都川高校では、校長ではなく担任が卒業証書を渡す。その時に、一言、生徒に言葉をかける。とても時間がかかるけれど、ずっとこの形でやってきたそうだ。

D組の一輝は、最初の3クラスの生徒が呼ばれるのを静かに聞いていた。

「里見淳也《じゅんや》――文武両道、やり抜いた。この学舎を忘れずにもっと遠くへ羽ばたけ」

Ａ組の里見はサッカー部の仲間でゴールキーパーだ。部がぎすぎすした時も一人笑顔を絶やさなかった。ブラサカ練習では、一人だけ目が見えている立場で、うまく導いてくれた。

「松戸崇史《たかし》――目標をもって挑んだ。この学舎を忘れずにもっと遠くへ羽ばたけ」

松戸は、一輝の視力が落ちた2年生の時のクラスメイトで、遅れがちな勉強を教えてくれたいいやつだ。国立大学医学部に現役合格を決めたという。一輝は素直に誇らしい。

Ｂ組にも仲間がいる。

「酒々井楓佳《ふうか》――あなたのおかげで何人もの級友が数学に目覚めた。あなたのこれからに期待します」

酒々井は、関西の国立大学の数学科に行く。在学中に数学オリンピックに出た実力はダテではない。一輝のことを不思議に気にかけてくれていたのは、たぶん彼女が尊敬するなんとかという数学者が晩年、失明しつつも学問の上では大活躍したからだ。

「舘山真琴《まこと》――クラスでも部活動でもリーダーシップを発揮した。あなたのこれからに期待します」

舘山は早々にＡＯ入試で有名私立大学進学を決めた。一輝がいなくなったサッカー部を支えたのは、実質的に舘山だ。リーダーとしてのキャパが大きいやつだと思う。

さらに、C組には「元三バカ」の佐倉と、1、2年のクラスメイトが何人かいて、耳を傾けるうち、ようやくD組の順番がやってきた。

舞台の袖に待機する。出席番号順の通りに春名や野田がまずは呼ばれ、そして——

「光瀬一輝」と大滝先生の声が、この時ばかりははっきりと響いた。

「はい！」

大きな声で返事して、一輝は授与台の前へと向かう。

授与台の前で立ち止まった一輝に対して、大滝先生はまず名前を呼んだ。

「光瀬一輝」

「あなたは、誰よりも大きな困難に立ち向かった。誰にも負けない努力をして、誰よりも大きな成果を得た。それにも増して、多くの友を得た」

打ちあわせ通り手を差し出して、証書を受け取ると、大滝先生はさらに付け加えた。

「あなたの輝きを誇らしく思います。太陽のようであれ」

一輝は体全体がじーんと熱くなった。

正直、自分が誰かを照らすことができるのは、まだまだ先のことだと思う。それでも、いつかそうなりたい。だから、「環境ごと変える」くらいのつもりでやる！

席に戻った後、しばらく一輝は体の火照りが収まらなかった。

都川高校を卒業できてよかったと心底思った。

大学受験には苦労して、正直、視覚支援学校に転校しておくべきだったと何度も思ったけれど、すべてが報われた。

壇上ではE組の生徒への授与が進み、次のF組が舞台袖に移動を始める気配がして、一輝は我に返った。

丈助はちゃんと来たのだろうか。結局、連絡は来ないままだし、学校についてから確認する時間もなかった。丈助はF組だ。

授与は粛々と進み、

「鈴木丈助——」

担任の先生の声が響いた。

「はい！」

久しぶりに生で聞く丈助の声だった。でも、前とは印象がかなり違った。堂々として、力強かった。

「鈴木丈助、俊足のあなたは、それだけに溺れず、強い心で戦った。卒業を待たずして、海外に飛び、そこでも力を尽くした――」

一輝は心の中で拍手を贈った。

今すぐ話しかけたいが、式中は無理だ。それでも、ただ丈助がそこにいるということに安堵した。

みんないったんクラスに戻り、午後の卒業記念パーティーの準備に入る。ダンス部や吹奏楽部のパフォーマンスは定番だが、今年はサッカー部も参加する。準備のために、もうじき舘山か里見が迎えに来るはずだ。春名を含め、出し物がある人から教室を出ていく。

一輝が一人で待っていると、誰かが近付いてくる足音がした。

「イッキ、ただいま！　舘山に言われて迎えに来た！」

「ジョー！」

丈助は一輝に、いきなり飛び付くみたいにハグしてきた。

「おまえ、ほんの何カ月かあっちにいただけで、すっかりヨーロッパ人みたいだな」

一輝はおかしくなって笑った。

同時に気付いた。線が細かったはずの丈助の体付きが前とは違う。相当、トレーニングをして鍛えたようだ。

丈助に導かれながら階段を下りて、体育館へ。

吹奏楽部やダンス部のパフォーマンスが始まる前の時間帯、サッカー部による「ブラインドサッカー体験会&デモンストレーション」を開催する。まず一輝と丈助がドリブルのデモをしたら、真似をしようとした誰かがすっ転んだ。

「いてて、これは……すごい。よくそんなことができるな。人間の感覚というのは、それほど鋭くなりうるのか」

医学部に進学する松戸の声だ。

「わたしには、分かる。数学の宇宙に視覚は関係ない。$n$次元を感じるためには、むしろ目を閉じるべきだ」

数学科に進む酒々井も来てくれたらしい。相変わらずわけが分からないが。

「さあ、シュート練習やってみよー」

大きな声が響いた。一輝はびっくりして、アイマスクをしたままそちらを向いた。春名の声だ。吹部の準備は終わったのだろうか。

「ハルは、サンダーボルツ・サイドBにスカウトされているって?」と丈助。

「ああ、そうみたいだな」

「ずっとガイドをやっていた人が海外に行くんだろ？　その後任候補だってさっき聞いた」

「大学も医療や福祉に関係するところだから、パラスポーツには理解があるそうだしな」

「おれも、オフには、サイドBに顔を出そうかなあ。スペインで降矢選手に、ブラサカのトレーニングをどうサッカーに活かすかって話を聞いたんだ」

　一輝は、楽しくなってふふっと笑った。

　それって、つまり、一輝が大学で新しいチームを作ったら、春名も丈助も対戦相手になる可能性があるってことだ。高校を出れば、３人の道はばらばらになると思ったけれど、こんなふうにまだ続いていく。

「光瀬、ジョー、お手本をお願い！　せっかくだからパスしてシュート！」

　簡単に言うが、それが一番難しい。でも、だからこそやりがいがある。

　丈助のドリブルの音、春名の声。それらが強く輝き、自分も含めた三角形の輪郭をさらに際立たせる。

　間違いなくその光の先に、もっと輝かしい明日が、未来がある。ひたひたと満ちていく確信とともに、一輝はボールが放つ光に耳を澄ます。

作　**川端 裕人**

1964年生まれ。東京大学教養学科卒業後、日本テレビに8年間勤務。退社後はコロンビア大学ジャーナリズムスクールに籍を置きながら、文筆活動を本格化。フィクション・ノンフィクションの両分野で活躍する。著書は小説に『夏のロケット』（文春文庫）、『銀河のワールドカップ』（集英社文庫）、『青い海の宇宙港（春夏編・秋冬編）』（早川書房）、『声のお仕事』（文藝春秋）など。ノンフィクションに科学ジャーナリスト賞、講談社科学出版賞を受賞した『我々はなぜ我々だけなのか』（講談社ブルーバックス）、『動物園にできること』（文春文庫）など多数。

装画　**とろっち**

イラストレーター。「サクラダリセット」シリーズ（KADOKAWA）など、多くの書籍の装画や、雑誌、書籍の挿絵を手がける。

ウェブサイト　http://www7b.biglobe.ne.jp/~altamira/index.html


**太陽ときみの声　明日の、もっと未来《さき》へ**

2018年11月30日　初版第1刷発行

作　川端 裕人

装画　とろっち
デザイン　横山 千里
編集　當間 光沙
編集協力　水野 麻衣子

取材協力　日本ブラインドサッカー協会
外谷 渉（株式会社ラック）
東京都立八王子盲学校
清水 朋美（国立障害者リハビリテーションセンター病院）
鈴木 重成（獨協医科大学）

発行者　植田 幸司
発行所　朝日学生新聞社
〒104－8433　東京都中央区築地5－3－2　朝日新聞社新館9階
電話　03－3545－5436
http://www.asagaku.jp/ (朝日学生新聞社の出版案内など)

印刷所　シナノパブリッシングプレス





ISBN 978-4-909064-56-1





本書は、朝日中高生新聞にて2017年10月1日～2018年3月25日まで連載されていた作品に加筆・修正を行ったものです。